Fan
ファン文庫
TearS

動物の泣ける話

～君からもらった幸せの思い出～

JN109325

株式会社 マイナビ出版

TearS

CONTENTS

パパとおべんとうとごくらくちょう
溝口智子

「パパ、早く、早く！」

動物園の門をくぐるとすぐに、まゆが叫びました。象の檻《おり》に向かって、元気よく走ります。背中の黄色いリュックサックがぴょんぴょん跳ねます。

「そんなに急がなくても、象さんは逃げないよ」

パパはのんびり歩きながら、楽しそうに笑っています。お弁当が入ったバッグをゆらゆら揺らしながら、まゆの後についていきました。よく晴れた日曜日、今日はいつも忙しいパパもお休み。まゆの三歳の誕生日に一緒にいられなかった代わりに、まゆが大好きな動物園に来たのです。

檻の前には子どもたちがたくさん集まって、象がエサを食べているのを目を丸くして見ています。まゆも檻に飛びつきました。象は子どもたちには興味がないようで、いつまでも、もぐもぐと口を動かしています。

やっと追いついてきたパパを振り返ってまゆが言います。

「象さん、すごい！　お口も大きい」

隣にいる子はお母さんに象のことを一生懸命に話しています。まゆはそんな様子を横目で羨ましそうに見ましたが、すぐに象に視線を戻しました。ほかのものを見ないように、真っ直ぐに象だけを見つめました。

それからぐるぐる動物園の中を歩いて触れあいコーナーにやってきました。ヤギにエサをやると、ヤギは美味しそうにもりもりと食べました。それを見たまゆのお腹がぐうと鳴りました。その音を聞いたパパが言います。

「まゆ、お弁当にしよう。象さんを見ながら食べる？」

「ううん、鳥さんのところに行く」

そう言ってまた駆けだしました。パパもあわてて走りだします。

鳥たちがいる鳥舎は人間のおうちくらい大きな鳥かごのような形をしています。太い鉄の棒がぐるりと丸く立ってドーム型の屋根を支えています。その棒と棒の間には金網が張ってあります。鳥たちは、鳥舎の中をのびのびと飛び回ることができます。背の高い木が何本か生えていて、水浴びができる小さな池もあります。木の枝には、ところどころに巣箱が取り付けられ、小さな鳥が出たり入ったりしています。他にも色とりどりの鳥たちが、羽ばたいていたり歌を歌ったり、それぞれにのんびり暮らしています。

まゆは鳥舎につくと金網にかじりつきました。目をきらきら輝かせて鳥たちを見つめます。象やライオンやペンギンを見た時よりも、ずっと熱心な様子です。パパはベンチに腰掛けて、テーブルにのせたお弁当箱を開いてお昼ごはんの準備をしました。それに気づいたまゆはパパのところに走っていきます。

「わあ、美味しそう」

お弁当箱を覗きこんだまゆが言うと、バッグから取り皿とお箸を出していたパパは嬉しそうに笑いました。

「今日のお弁当は自信作だよ。まゆが好きな玉子焼きもたくさん入れたんだ」

大きな赤いお弁当箱には二人分の色とりどりのおかずが入っていて、それより少し小ぶりな黄色のお弁当箱には、おにぎりがずらりと並んでいます。

まゆはパパからお箸を受け取ると、どれから食べようかと真剣にお弁当箱を覗きこみました。玉子焼きも、からあげもとても美味しそうです。ですが、まゆはお箸を置くと、おにぎりを取りました。

「いただきまーす！」

まゆは、ぱくりとおにぎりを頬張りました。楽しそうなまゆを見て、パパが、にこにこしながら言います。

「まゆは、おにぎりが好きだね」

「うん！　パパのおにぎり、だーいすき！」

まゆは大きなおにぎりを、大切そうに両手で持って食べました。とても大きなおにぎりでしたが一気に食べ終えました。そうしてほうじ茶をごくごく飲んで、ふうっと息をはいて、のんびりと鳥舎を眺めます。

「鳥さんは、すごいねえ。ぱたぱたしただけで飛べるんだよ」

「そうだね。まゆは飛んでみたいの？」

まゆは、こくりとうなずきました。

「飛べたらお空の国に行けるでしょ。そしたらママにも会えるでしょ」

まゆのママは、まゆが生まれてすぐにお空の国に行ってしまったのだとパパが言いました。まゆは一度もママに会ったことがありません。ですが、写真で見るママはとても優しそうで、まゆはママが大好きでした。

「まゆねえ、大きくなったら、鳥さんになるね」

パパは初めて聞いたまゆの夢に首をかしげました。

「鳥さんになって空を飛ぶの？」

「ぱたぱたってお空の国に行って、ママに会うの」

パパは黙って、まゆのコップにほうじ茶のお代わりをいれました。

「それでね、お空を飛ぶんだよ、ママと一緒に」

「それは、いいね」

パパはまゆから目をそらしてピンク色の取り皿に玉子焼きをのせました。まゆはお箸を取って玉子焼きをぱくりと頬張ります。

「おいしーい！」

パパは笑顔になって、ほかのおかずもまゆのお皿にのせました。まゆは、大きく口を開けて、ぱくぱくとおかずを食べて、時折、おにぎりを頬張ります。

いつも以上に元気に食べるまゆに、パパがそっと聞きました。

「まゆは、どんな鳥さんになるのかな」

「大きな鳥さん」

まゆはおにぎりを持った手を左右に広げて、うんと伸ばしてみせます。

「大きな鳥さんじゃないと、いっぱい飛べないでしょ。お空は広いから、大きくないとママがまゆを見つけられないでしょ」

「そうか。大きかったら目立つもんね」

「それでね、大きくないとママを乗せて飛べないからね。まゆは大きな鳥さんになって、ママを背中に乗せて、おうちに帰ってくるよ」

未来のことを夢見て楽しそうなまゆに、パパは少し寂しそうに言いました。

「もしかしたら、ママはおうちに帰ってこられないかもしれない」

「どうして？」

まゆが首をかしげると、パパは黙ってしまいました。

「ママはおうちが嫌いなの？」

パパは首を横に振ります。

「ママはおうちが大好きだったよ。でも、今のママのおうちは、お空の国だからね。まゆだって、おうちから遠くには行けないだろう」

「でも、ママは大人だから、どこへでも行けるでしょ」

パパはなにも言えず、鳥舎を見上げました。その時、高い木の枝に止まった一羽の鳥が、羽を広げて踊るように体を動かし始めました。

「見てごらん、まゆ。極楽鳥がダンスを踊っているよ」

まゆも鳥舎を見上げます。茶色の羽毛で体を覆われた鳥が、翼を目いっぱい広げていました。翼の下に生えている白とオレンジの長い毛を、背中にふわりと広げて、右に左にとステップを踏んでいます。まるでカラフルな花が咲いたように色鮮やかです。

「すごいねえ」

まゆが言うと、パパが立って行って、鳥舎の金網に取り付けてある看板を読み始めました。まゆも、お箸を置いて、パパの隣に並びます。

「この鳥さんはオオフウチョウ。極楽鳥の仲間だって書いてあるよ」

看板にはオオフウチョウはパプアニューギニアからやってきたと書いてありました。ですが、パパはぼんやりと言いました。

「オオフウチョウの仲間たちは極楽にいるんだろうね」

「極楽って、なに？」

まゆが尋ねると、パパは空を見上げました。

「お空の国のことをね、極楽って言うんだよ」

「じゃあ、極楽鳥がいるのは、ママがいるところと同じだ」

「そうだね」

まゆはパパと同じように空を見上げてみました。どこまでも青い空の、どこに極楽があるのか、空は広すぎてちっとも見えません。

「極楽って、どんなところ？」

「暖かくて、お花がたくさん咲いていて、お腹が空くことがないんだ」

「ふうん。じゃあ、極楽鳥はつまんないね」

きっと極楽で暮らすことを羨ましがるだろうと思っていたパパは、まゆの答えに驚きました。

「極楽がつまらないと思うの？　どうして？」

「だって、お腹が空かなかったら、ごはんが食べられないよ」

その返事はとてもまゆらしくて、パパは優しく笑いました。

「まゆは食いしん坊だからね」

「そうだよ。今もお腹ぺこぺこだよ」

そう言って、まゆはベンチに駆け戻りました。パパも戻ってきて、おにぎりを頬張ります。

「ねえ、パパ。オオフウチョウはなんで極楽じゃなくて動物園にいるの？」

パパは少し考えてから言いました。

「きっと、オオフウチョウも食いしん坊だったんだよ。だから、ごはんを食べてみたくて、極楽から降りて来たんだ」

「そっかあ」

まゆはオオフウチョウから視線を落として、おにぎりを見つめました。

「パパ、まゆが鳥さんになっても、動物園へ、やらないでね」

「もちろん、やらないよ」

まゆは安心して、うんうんとうなずきました。

「まゆは、お空に行かなきゃいけないからね」

パパはまた「そうだね」と返事をしました。

「そうだ、まゆは大きくなったら、極楽鳥になろう」

パパが首をかしげます。

「極楽鳥でいいの？　あんまり大きくないよ。ほら、あのオオフウチョウはカラスくらいの大きさだよ。それだと、ママが見つけられないかもしれないよ」

まゆは握った両手をばんざいするように頭の上に上げました。

「大丈夫。羽がきれいだから、きっとママが見つけてくれるよ。それでね、ママにも鳥さんになってもらうの。そうしたら一緒にお空を飛べるでしょ」

かわいらしい考えに、パパは楽しそうに言います。

「二人とも鳥さんになってしまったら、パパはどうやって話そうか」

「大丈夫だよ、しゃべれる鳥さんだから」

「そうなんだ」

「ママに会ったら、パパのごはん、とっても美味しいって言うよ」

「そうか」

パパの優しい声がどこか寂しそうで、まゆもすごく寂しくなって、俯いてしまいました。そして小さな小さな声で呟きました。

「ママも食いしん坊だったらいいなあ。そうしたら、パパのごはんが食べたくて、帰ってくるよね。お空の国から、帰ってくるよね」

まゆがそっと尋ねても、パパからの返事はありません。まゆは、どうしたのだろうと思ってパパを見上げました。パパは黙ってまゆを見つめていました。

「まゆ」

パパは、まゆの髪を撫でました。

「まゆは食いしん坊だから、お空に行っても、きっと帰ってきてくれるよね」

そう言ったパパは、とてもとても悲しそうでした。まゆは黙ったまま、首を横に振ります。パパは慌てて尋ねました。

「帰ってきてくれないの？　お空の国に行ったきり？」

まゆはまた、首を横に振りました。

「お空に行かない。ずっとパパといる」

まゆはパパの目を見つめました。

「まゆがお空に行っちゃったら、パパは一人で寂しいでしょ。だからまゆは、お空に行かないよ」

パパはぎゅっと目を瞑ると俯いて、両手で顔を隠してじっと動かなくなってしまいました。まるでパパが急に小さな子どもになったように感じて、まゆはパパの服の袖をつまんで引っ張りました。

「パパ」

呼んでみると、パパはごしごしと顔をこすって「ばあ」と両手を広げてみせます。パパの顔が怒っているような、困っているような複雑な表情なのが面白くて、まゆは笑いだしました。

しばらく二人で笑っていると、胸の奥が、すうすうするような不思議な感じがしました。それは、夕方から夜に変わる一瞬の静けさに似ていました。嫌な感じではありません。ただ少しだけ、青い空が遠くなったように感じました。

まゆは黙っておにぎりを食べました。パパも静かにお弁当を食べました。

お弁当の片づけを終えて立ち上がると、オオフウチョウは枝から下りて地面をぴょんぴょん飛び跳ねていました。まゆはそれに合わせて元気にスキップを始めました。パパは楽しそうなまゆを見て、笑顔になりました。

「まゆ、行こうか」

パパに呼ばれて、まゆは駆けてきます。

「今日の晩ごはんはなに？」

パパは、ぷっと噴きだしました。

「お昼ごはんを食べたばっかりなのに、もうお腹が空いたの？」

「だって、まゆは食いしん坊だからね」

パパは嬉しそうに微笑みます。

「じゃあ、買い物してからおうちに帰ろう。すごく美味しいものを作るよ」

「わーい」

まゆはぴょんぴょんと飛び跳ねながら、パパの手を大きく振ります。それから、オオフウチョウに、繋いでいるのと反対の手を振ってみせました。

「食いしん坊さん、またね」

オオフウチョウは聞いているのかいないのか、大きなエサ箱に顔を突っ込んでいます。パパとまゆが去ったことにも気づかないオオフウチョウは、素敵だった極楽のおうちのことを忘れるくらい、一生懸命エサを食べていました。

家族の十戒
烏丸紫明

「お前の父ちゃん、不倫してるんだってな！」

騒がしい教室内に響いたひときわ大きな声に、純《じゅん》は目を見開いた。

顔を上げると、意地の悪い笑みを浮かべた男子生徒《クラスメイト》が目の前に立っている。

（いきなりそれか……）

去年は違うクラスだったため、ろくに話したことがない。名前すらとっさに思い出せないぐらいだ。

ほとんど初対面で、この言いようだ。どうやら芸能人の娘に対して、礼儀は必要ないと思っているらしい。

純はため息をついて、手の中の本に視線を戻した。

「してないよ」

一言、事実だけを口にして。

「馬鹿じゃねーの？　やってなかったら、ニュースになるわけないだろ？」

男子生徒がさらに声を張り上げて、せせら笑う。

馬鹿はお前だと怒鳴りつけてやりたい気持ちを、必死に抑える。ニュースとゴシップの区別もつかないのか。中学二年生にもなって。

往々にして、事実と乖離《かいり》した情報が載ってしまうのが週刊誌であり、それがさも真実であるかのように流布されてしまうのが、芸能人というものだ。

――相手になんてしてられるか。

純は本を閉じると、あからさまに深いため息をついて、立ち上がった。

「自分がモテないからって、僻《ひが》むのやめてくれる？」

予想外の反論だったのだろうか。男子生徒が目を丸くする。

「は……？」

「不倫を糾弾したいなら、相手が違うでしょ。アンタ、私が松雪獅朗《まつゆきしろう》に見えるって言うの？　だったら、明日の健康診断を待つ必要なんてない。すぐ眼科か脳外科に駆け込みなよ。間違いなく重症だから」

「なっ……」

男子生徒がカッと顔を赤らめる。

純は鞄を手にすると、さっさと彼に背を向けた。

「悪いのが脳のほうじゃないといいね」

純の辛辣な言葉に、教室に残っていた生徒たちがクスクスと笑う。

「オイ！　笑うなよ！　お前ら！」

顔を真っ赤にして叫ぶ彼にはもう一瞥すらくれてやることなく、純は足早に教室を出た。

「……まったく、また週刊誌に載ったのか……」

本当に、いい加減にしてほしい。

スキャンダルには厳しい昨今だけれど、松雪獅朗のように、五十歳をすぎて俳優として築き上げた地位も実力もあり、おしゃれでダンディーで色気があり、さらには男気まである伊達男となると、生々しい決定的な何かが出ないそれは、逆に商品価値を上げることになるらしい。

少々やんちゃなイケオジで、ファンへのサービス精神も旺盛で、スタッフや共演者へは気遣いの塊——だからこそ誰とでもすぐに仲良くなってしまうのもあって、そういう話題は絶えず出る。

半分は根も葉もない『噂』で、もう半分は作られた『話題』だ。

「今回のはどっちかな？」

噂なのか、話題なのか。

話題だとしたら、仕掛けたのは誰だろう？　一週間後に公開を控えた映画の制作会社か、ヒロイン役の売り出し中の女優か、それともまた別の誰かか。

「本当に……つくづく汚い世界だな……」

大嫌いだと思う。父のいる世界が、たまらなく嫌いだ。

映画をヒットさせるためなら、嘘をついてもいいのか。

女優として売れるためなら、父を利用してもいいのか。

母を、『何度も浮気される妻』にしても平気なのか。

(私を、『奔放な父親を持つ娘』にしても……なんとも思わないの……?)
何より腹立たしいのは、父自身もそれを受け入れ、利用していることだ。
その裏で家族が傷ついていても、それが仕事だからと平気な顔をしている。
母も、父に何も言わない。黙って、すべてを受け入れている。
(家族を大事にする気がないなら、どうして家族を持ったりするの⁉)
それが、嫌だった。どうしても許せない。
しかし、いつしか純も、母と同じく口を噤《つぐ》むようになった。
正直に気持ちを吐露したところで、それで何かが変わることはない。
俳優・松雪獅朗にとって、一番大切なものは家族ではないのだから。

＊＊＊

家の近くの公園を通りかかった時だった。

「……？　鳴き声……？」

子猫だろうか？　ひどく鳴いている。

純は公園の中へ。声がする植え込みを掻き分けた。

「……！　お前……」

やはり子猫だった。ガリガリに痩せ細っていて、ひどく汚れている。両目は閉じたまま。大量の茶色い目脂《めやに》で、くっついてしまっているように見えた。

周りを見回すも、母猫らしき姿はない。そもそもほかに猫が見当たらない。

一匹だけ、ぽつんとそこにいる。

（まさか、置いて行かれた……？）

いくらなんでも、母猫から離れて自力でここに来たとは考えづらい。

弱ってしまったこの子を、母親が置いて行ったと考えるほうが自然だ。

「そんな……！」

か細い――しかし悲鳴のような鳴き声だった。

生きたい。生きたい。助けて。そう叫んでいるかのような。
お父さん。お母さん。助けて。そう泣いているかのような。
「お前……！」
ぽつんと一人取り残されて鳴いている姿に、幼いころの自分が重なる。
いや、幼いころだけの話じゃない。心だけは、今でも泣き叫んでいる。
お父さん！　お母さん！　ちゃんと私を見て！　私の声を聞いて！
『俳優・松雪獅朗』ではなく、『俳優・松雪獅朗の妻』ではなく、私の前では
お父さんとお母さんでいてよ！
ただ、実際に泣くことは、叫ぶことは、誰かに素直に本音を吐露することは、
いつからだろう？　できなくなってしまった。
こんなふうに、必死に泣いて、叫んで、縋ることは。
「ッ……！」
純は子猫を抱き上げると、身を翻した。

そのまま全力で走って、玄関のドアを開け、中に駆け込む。

瞬間、ドクンと心臓が大きな音を立てる。

玄関に、男ものの大きな靴があった。

「じゃあ、百合《ゆり》。そういうことで。しばらくはロスのほうに……」

そんな声とともに、俳優・松雪獅朗が奥から出てくる。

獅朗は純に目を留め、なんだか気まずそうに微笑んだ。

「ああ、純……。すまないけど、お父さんはまた……」

「猫が……！　お父さん！　助けて！」

会ったら、言ってやりたいことはたくさんあった。

しかし純の口から飛び出したのは、その一言だった。

「助けて！　お父さん！」

家族に見捨てられてしまって、独りぼっちの子猫を。

自分と同じように鳴いている、この子を！

「っ……百合、タオルを！」

母がタオルを取りに素早く奥へ。そして獅朗が自分のもとへ駆けてくる。

迷うことなく差し出された大きな手に、純は子猫とともに飛び込んだ。

＊＊＊

「ひどい脱水症状を起こしています。衰弱もひどい。入院が必要となりますが、どうしますか？」

「どうしますか、とは？」

獅朗が首を傾げる。

「この子は野良猫ですよね？　正直、入院となるとかなりお金がかかります。ペットの治療費は決して安くないので」

子猫を診てくれた医者が純をまっすぐに見つめて、きっぱりと言う。

「厳しいことを言うけれど、可哀想ってだけで手を差し伸べるべきじゃない。助けるなら、その責任もちゃんと負わなくちゃいけない」

「……！　それは……」

ぐっと言葉を詰まらせた純の肩を、獅朗がしっかりと抱く。

「大丈夫です。その子はうちで面倒を見ます」

「お父さん……」

医者は頷いて、再び純の目を覗き込んだ。

「松雪さん、『犬の十戒』って知ってるかい？」

「犬の……？　いいえ……」

「英語の詩なんだ。犬視点で書かれた、犬を飼う心得みたいなものでね」

人差し指を一本立てると、医者はゆっくりとそれを語り出した。

「私の寿命は十年から十五年しかありません。わずかでも、あなたと離れたくありません。どうか、私と暮らす前にそのことをよく考えてください」

指を二本、三本と増やしつつ、さらに続ける。

「あなたが何を求めているか、私がそれを理解するまで少し時間をください。私を信頼してください。そのことに、私は幸せを感じるのです」

じっと聞き入る純と獅朗に十項目すべてを告げて、医者はにっこりと笑った。

「これは猫にも当てはまることだから、胸に留めておいてほしい。聞いてみてどう思った？　どれもこれも、当たり前のことじゃないかと思ったろう？」

「はい……。正直……」

「当たり前だからこそ、すごく大切なことなんだ。そして、当たり前なのに、守られていないことも多い。どうか、忘れないでほしい。これこそ、君たちが家族になるための戒めだ」

「……！　家族に……？」

「そう。一緒に暮らせば家族になれるわけじゃないんだ。家族になるためには、努力が必要なんだよ。関係というものは、作り上げてゆくものなんだ」

思いもしなかった言葉だった。

それはまっすぐに純の中に入り込んできて、心を激しく揺さぶった。

「作り上げて、ゆく……」

「ルールは根気よく教えてあげること。信頼関係を築く努力を怠らないこと。相手をないがしろにせず、心を尽くすこと。当たり前のことだけれど、とても大事だよ」

胸が熱くなる。純は溢れそうになる涙を堪えて、大きく頷いた。

「はい……！」

たしかに、当たり前のことだ。

だけどそれは、純が忘れていたことでもあった。

言わずともわかってくれるなどと、慢心してはいけないのだと。

言っても無駄だと、わかってもらえるはずないなどと、諦めてもいけない。

家族であればこそ、家族であるために、努力をしなくてはならないのだと。

（ああ、そのとおりだ……）

これは、家族の十戒だ。

子猫の治療をお願いして、診察室を出る。

純は勇気を出して、獅朗の袖を引っ張った。

「お父さん……」

まっすぐに獅朗の目を見つめて、震える唇を開く。

ずっと言えなかった気持ちを伝えるために。

家族であるために――。

「聞いてほしいことがあるの……」

＊＊＊

「レタラ。ほら、お父さん」

『レタラ〜！　ああ、撮影なんてさっさと終わらせて帰りたいよ〜！』

パソコン画面に大きく映し出されたゆるみきった顔の獅朗に、純の腕の中の白猫——レタラがなんとも興味がなさそうな目を向ける。

「寝てるところを起こしたから、機嫌が悪いみたい」

『ああ、ごめんね！　レタラ！　でも、写真だけじゃ我慢できなくて！』

「愛猫が恋しくて仕方がないのはわかるけど、毎日スカイプを鳴らされたって困るんだけど。私だって暇じゃないんだからさ」

『そんなこと言わないでくれよ〜』

「あ、そういえば週刊誌にまた『お持ち帰り』が載ったって？」

チクリと言ってやると、獅朗がビクッと肩を震わせ、頬を引き締める。

『う……はい。ごめんなさい。すぐに否定コメント出したけど、明日そっちに帰ったら、ちゃんとお母さんや純にも弁解をさせてもらいます』

そして、パソコンの向こうで深々と頭を下げた。

「ああ、テレビでやってたよ。『家族が一番なので、絶対にありえません！仕事の打ち合わせをしただけです！』ってきっぱり否定してたの」

家族の十戒を教えてもらったあの日、今まで口に出せなかった思いをすべて打ち明けたからこそ、今がある。

『俳優・松雪獅朗』と『俳優・松雪獅朗の妻』は、今ではいつでも純の愛するお父さんとお母さんだ。

瀕死の子猫は、崩壊寸前だった家族を繋げてくれた。

『百合——お母さんは大丈夫？　純は？』

獅朗が心配そうに言う。

『嫌な思いをしてないかい？　傷ついていないかい？』

「お母さんは笑ってたよ。私も大丈夫」

純は獅朗を見つめて、にっこりと笑った。

「信じてるからね！」

ちゃかちゃか
神野オキナ

敦子《あつこ》は来る途中、見慣れぬ老婦人が、子犬に引っ張られるようにして散歩しているのにすれ違った。

「まったくもう、子犬のくせに我が儘なんだから」

老婦人は一生懸命子犬に話しかけながらリードを握る。

察するに、子犬に引っ張られていつもより遠くへ来てしまったらしい。

敦子はその様子を微笑ましく思いながら、目的地にたどり着いた。

門をくぐると、左手に庭が広がり、縁側を出てすぐのところに空っぽの犬小屋と、リードを繋ぐための杭が見える。

「……」

引き戸は硬くなっていて、渾身の力を込めてようやくガタガタと開いた。

「ふう……家って人が住まないと傷むって本当なのね」

今年大学に入ったばかりの敦子はそう呟いて溜息をついた。

昼過ぎの穏やかな冬の陽射しに照らされて、祖母の家の玄関は昔と変わらない表情で彼女を迎えた。

ただ、違うのは、もう家の奥から「いらっしゃい！　あっちゃん」という祖母の声と足音が聞こえることは、二度とないということだ。

祖母が死んで半年。親族会議の結果、家は取り壊して土地を売る、ということになった。なんでも相続税の問題らしいが、詳しいことは敦子にはわからない。

この家は、祖父が定年後に建てて移り住んだものだ。

結構大きな企業の重役をしてた祖父はかなりの退職金を貰ったらしい。

祖父は敦子が生まれる前に亡くなり、祖母だけがこの家に住んでいた。

「おじゃましまーす」

敦子はそう言いながらスニーカーを脱いだ。誰もいないとわかっていても、習慣はなかなか抜けない。

玄関先の花瓶に花が生けられていないことに、今さらながら気がついた
明日には、この家は解体され、更地になる。

親族にとっては、自分たちが育った家（長男に譲られた）が本家であって、あくまでもこの家は親の「隠居所」なのだろう。

だが、敦子にとってはここは「もう一つの家」だった。

幼い頃、共働きの両親は敦子の面倒を祖母に頼んでいた。

孫たちの中で、一番最後に敦子は生まれ、その次に幼い従兄弟より十歳も年齢が離れているから、ここで正月以外に従兄弟たちと会った記憶もないし、他の従兄弟たちは家が離れていた。

かつて、従兄弟たちが遊んだオモチャはそのまま祖母が大事に取ってあったし、ゲーム機も繋いだままだったから、ある意味ここは理想の遊び場だった。

小学校から中学にかけては、ここで毎年の誕生日を祝ったし、クリスマスもここだった。

「おばあちゃん」

子供の頃のように、呼びかけてみたが、いつもと変わらない風景なのに、しん、と静まりかえった家からは何の返事も、当然ない。

遠くで、鳩の不機嫌な鳴き声が、微かに響いた。

「……本当に、死んじゃったんだよね」

葬儀の時棺桶の中をちゃんと覗いたし、湯灌《ゆかん》も母親と叔母の三人でしてやり、死化粧も手伝い、骨も拾った。

それなのに、まだこの家に来て見慣れた風景を見ると、ひょっこりと家の奥から、台所から、あるいは二階に通じる階段から、背中を丸め、手すりにすがって祖母がトコトコと現れ「あら、いつ来たのあっちゃん、お腹空いてない？」と微笑みと共に声をかけてきそうだ。

「……」

唇をぎゅっと噛みしめ、頭を振って敦子はポケットからスマホを取り出した。

カメラモードにして動画撮影しながら、家の中を歩く。

家の中は、祖母がずっと掃除していた。晩年の五年ぐらいは、さすがに足腰が辛く、そうなってからは三ヵ月に一回の大掃除を業者に頼み、業者が及ばないところと、自分が動く範囲だけを掃除するようになったが。

(八十歳か……九十九歳で死ぬ、っていってたくせに)

ファインダー代わりの液晶画面を覗き込みながら、ふと、敦子はカメラの位置を下げてみた。

子供の頃……小学五年の頃の自分の背丈。

合わせるのは簡単だった。

玄関からあがってすぐ、電話台の横の柱には、敦子が大学に入った年……祖母が入院するその年まで、毎年、背丈が日付と共に刻まれている。

「意外と大きかったのね、あたし」

カメラの高さを変えると、液晶の中に映る風景は酷く懐かしくなった。

中学からバスケにうち込んだお陰で背丈が伸びたが、それまで「チビ」とからかわれることが多かった自分の視点で見ると、この家は少し大きく思えた。

庭も入れて四十坪もない。ミニチュアみたいな家だが、子供の頃の敦子には、だからこそ宝の詰まった宝石箱のような、小さな遊園地のような、居心地のいい秘密基地のような家だった。

奥に進むと家財道具のうち、親戚の思い入れのあるもの、売れそうなものは全て運び出されている。

古すぎる仏壇と、動かそうとしたら実は結構虫に食われていた箪笥だけがバツが悪そうに仏間に残っていた。

あとは壁のカレンダーと柱時計。大きなA2サイズのカレンダーの日付は二年前、祖母が倒れたときのままだ。

今日と同じ二月。土曜日の所に花丸が書いてあり、「あっちゃん来る日」と丸っこい祖母の文字で書いてある。

そして「ペス命日」とも……これは祖母の飼い犬の名前だ。

「いちいち書かないと駄目なの？」

祖母が元気な頃、何でもかんでも大きなカレンダーに書き込む祖母に聞いたことがある。

「私はね、あっちゃんみたいにスマホとか携帯電話とかに書き込むの、苦手なのよ」

そう言って祖母は笑った。

「それにね、壁に掛かってるカレンダーは、街中で落としたり盗まれたりしないでしょう？」

「ところでさ、おばあちゃん。もう犬、飼わないの？」

庭には、空っぽのままの犬小屋とリードを繋ぐための杭が残されている。

「時折、可愛い子を飼いたくなるけれど、私も年だもの……万が一の時、あっちゃんの家は、お母さんが犬がだめでしょ？」

母は幼い頃、公園で放し飼いにされていた犬に手を噛まれて以来、今でも犬は動画の中だけで可愛がりたい、というタイプだ。

「そういえば憶えてる？　ペスのこと？」

「またその話？　幼稚園の頃のあたしが小さすぎて、ペスの背中に乗って毎日幼稚園が終わるとこの辺回ってたって話でしょ？」

「ビデオもあるわよ、久々に見る？」

「見なくていい」

苦笑しながら敦子は祖母の思い出話を打ち切る……大体、そのあたりで、ご飯が炊きあがるタイマーの音が聞こえてくるか、かけっぱなしのラジオが別の話題を提供してくれるのが常だった。

ラジオは先週、両親とこの家に来たときに敦子が持ち帰った。

できればこの家をいつまでも残しておきたい、という思いが今でもある。

だが、取り壊すことに決まった。

それに逆らうほどの力はただの大学生の敦子にはない。

「ペスか……」

ぽつりと呟く。

ペスは、祖父母がこの家に引っ越してきてから飼った唯一の犬の名前だ。大きな犬だった。だが優しくて、近所を散歩してると猫が挨拶に来るぐらいに大人しい気性の犬だった。

「最初はこんなに小さかったのに、あっという間に大きくなって、犬小屋を作り直したのよ」

祖母はよくそういう話をしていた。今は亡き祖父が汗水垂らしてＤＩＹしたのだと、その様子を楽しげに。

この家に越してきて僅か五年で祖父は世を去ったが、その五年の中の、一番嬉しく、楽しい時間はペスと共にあったらしい。

セントバーナードかピレネー犬の雑種で、短く茶色い毛で覆われた本当に大きい犬だった。

幼稚園の頃、確かにその大きな身体の上に乗っかってこの辺りを「お散歩」した記憶はある。優しい犬で、滅多に吼えたことがなかった。

敦子が高校一年の暮れの朝に、いきなり、ひっそりと息を引き取っていた……犬にしては珍しいことらしい。

「ちょっと夜中に咳をして、おかしいと思って獣医さんに来て貰う前に死んじゃったのよ……」

哀しみで涙を流す祖母と、その横で高校生にもなって「もう動かないペス」を見て怖さと哀しさがこみ上げてワンワン泣いたのを憶えている。

火葬して、驚くほど小さくなったペスは、家の墓の横に作ったペット用の墓に眠ってる。

（おばあちゃん、あれから犬を飼わなかったのはやっぱり、ペスが死んじゃったのがキツかったからなのかなあ）

ペットロスというものは敦子も理解している……そういえば、祖母が足腰の痛みを言い出したのはペスが死んでからだった。

(そういえばペスとおばあちゃんの写真ってどこにあるんだろ)

アルバムが置かれている部屋にはペットの写真はなかった。

だが敦子の記憶では結構な数、祖母はデジカメで写真を撮っていたし、自分とペスの写真を撮ってくれと敦子にもせがんでいた。

ふと、思い立って、敦子は家の奥、縁側とは逆の「趣味の部屋」に足を向けた。

元々は模型好きだった祖父が、塗装や工作をするための部屋だったが祖父が亡くなった後は祖母の趣味の道具を納める場所になっていた。

祖母の趣味は編み物と刺繍。そしてフェルト人形。

フェルトの塊を針で突いて固めて造形していくものだ。

ただ、作品は一つも残っていない。

出来上がるそばから、人にあげてしまったり、敦子を通じてネットオークションに出したりしていた。

祖母の作るものは結構人気で、ＳＮＳを見ているとたまに、祖母の人形が映ることがある。

(そういえば、おばあちゃん犬の人形は作ってなかったな)

やはりペスのことは傷になっていたのだろうか。

ほとんど素材ばかり、祖母がいた空間だ。とりあえずここも撮影する。

ふと、ファインダーの中に奇妙なものをみつけた。

「そういえばあの缶って……」

机の上、毛糸や刺繍糸などの素材が積んである棚の奥に、海苔を入れるための、大きな四角い缶がある。

祖母は規則正しくが好きで、決して一つの棚の中に二種類のものは入れない。

机の前のパイプ椅子に腰掛けた。百円ショップのクッションを数枚重ねた座面が柔らかい。

毛糸や刺繍用の糸の陳列を退け、中から缶を取り出して開けてみる。

「わぁ……………」

そこには、ペスのフェルト人形がちょこねん、と横倒しになっていた。

茶色い毛並みはほぼ出来上がっていて、鼻の頭がまだ未完成なだけだ。

他に、缶の中にはプリントアウトしたペスと、ペスと映っている祖母の写真、百円ショップで売っているノート。そして三年前の誕生日に敦子がプレゼントしたコンパクトデジカメ。

ノートのページをめくってみると素人ながらかなり細かいスケッチがあった。

「おばあちゃん、凝り性だったもんなあ」

最後のページに「敦子ちゃんのお誕生日には間に合わせたい！」と書き込みがあった。

デジカメの電源を入れると、奇跡的にまだバッテリーが残っていて、メモリーに残っていたのはこのフェルト人形の制作過程だった。

「憶えててくれたんだ……」

祖母に「どうせなら作る過程を撮影して、ＳＮＳにアップロードしようよ」と敦子は言ったことがある。

ただの柔らかいフェルトの塊が次第に犬になっていくのを、細かく写真は記録していた。そして最後に、ノートのページの上にちょこんと乗ったフェルトの犬の写真で、終わっている……日付は、祖母が倒れる前日。

そのページとデジカメの画像を、膝の上に置いて、暫く敦子は眺めていた。

無言で缶の蓋を元に戻し、敦子はそれを胸に抱きしめた。

「おばあちゃん、ありがとう」

それだけを呟いて、敦子は手提げ紐のついた紙袋を見つけてきて缶をしまい込み、それを小脇に家の中の撮影を再開した。

携帯用バッテリーに繋いでさらに家の外回り、庭、犬小屋を撮影する。

犬小屋はちゃんと掃除されていた……祖母はペスがいなくなった後も、毎週一回、犬小屋を掃除していたのを思い出す。

そうやってペスを思い出していたのだろうか。

涙が出そうになったが、我慢した。

すっかり日が暮れ、敦子は決意して、家を去ることにした。

玄関にちゃんと鍵をかけ、ぐっと拳を握り締めて呟く。

「さよなら、おばあちゃん」

ちゃかちゃかと、犬の爪音がした……はっと振り返ると、来た時にすれ違った老婦人が子犬を連れて帰っていくところだった。

苦笑して、敦子は家路についた。

「ペス、あんたはあたしが完成させてあげるからね」

不意に言葉が口を出て、それから敦子は微笑みながら自分に対して頷いた。

振り返ると、祖母の家の玄関が開いて、「あっちゃん、ペスをよろしくね」と祖母の声が聞こえそうな気がした。

お姉ちゃんと黒猫

浅海ユウ

「かんぱーい！」

長方形の大きなテーブルに向かい合う五人ずつの男女が、お互いのグラスをカチンカチンとぶつけ合う。アルコールが苦手な私もジュースのグラスを持ち上げて周りの人のグラスに当てた。

姉の紗理奈《さりな》に『人数合わせだけど』と単刀直入に言われて出席した合コンの会場は、センスのいいガーデンレストランだった。大人っぽい美男美女が集う室内はあまりに煌《きら》びやかで、私は別世界にいるような気持ちになった。

紗理奈は艶やかな髪を美しくカールさせ、長い睫毛に縁どられた大きな瞳を輝かせていた。形のいいピンクの唇に運ばれるボルドーワイン。姉であることも忘れて見惚れる。

「友理奈《ゆりな》ちゃん、紗理奈の妹なんだって？　いくつ？」

私がおとなしくしているせいか、向かいの男性が社交辞令的に話しかけてくる。紗理奈と同じ製薬会社の営業だという気さくな感じのイケメンだ。

「あ、はい。もうすぐ二十歳になります」

へえ、と呟く紗理奈の同僚の顔が『似てないんだね』と言っているように見える。そう。私より三歳年上の姉、紗理奈は美人で社交的で華があるのだ。

私はだんだん自分がこの席に場違いな気がしてきて居づらくなり、トイレに行くふりをしてレストランの外へ出た。時間を潰そうと、足を踏み入れた庭のベンチに先客がいる。私の斜め前の席に座っていた男の人だ。名前は確か八神《やがみ》雅人《まさと》さん。スーツ姿の男性の中で、彼だけシャツにジーンズというのが印象的だった。最初の自己紹介によれば、他の四人のメンバーは営業部所属で、彼だけが研究員。会社ではずっと白衣で、スーツはほとんど着ないと言っていた。

別の場所を探そうとした時、八神さんが「あれ？」と声を上げた。

「友理奈さん……だっけ？　紗理奈の妹の」

私みたいな地味子の名前もちゃんと覚えてくれているのが嬉しかった。

八神さんの顔が『どうしたの？』と聞いているように見えた。

「合コンとか、得意じゃなくて。外でアニメの動画でも見て時間潰そうかと」

白状してから後悔した。——しまった。私ってば、オタク全開じゃん。

けれど、八神さんは一笑して、自分が手にしているスマホの画面を私のほうにちらっと見せてくれた。それは私も最近ハマっているアニメの再放送だ。

「わ、私も好きです、それ！　毎週、録画して何度も見てるんです！」

メチャクチャ強いヒーローが、どんな強敵も一発で倒してしまうアニメだ。

「私、そのアニメのサブキャラが好きなんです！」

そこからアニメやゲームの好きなキャラの話でひとしきり盛り上がった。

「ちょっと、八神！」

不意に不機嫌そうな声がした。レストランの入り口に紗理奈が立っている。

「八神、早く来てよぉ。今、二次会の相談してるんだから」

やれやれ、といった表情で腰を上げた八神さんは店に戻りかけてふとこちらを振り返り、「二次会、行く？」と私に聞いた。本当はもっとアニメやコミックスの話をしたい。けれど、紗理奈の目が『邪魔だ』と言っているのがわかる。

「いえ。私は門限があるので、これで」

「そっか。じゃ、また」と、軽く手を挙げる仕草にキュンと胸が鳴った。

けれど、紗理奈の様子からして、彼を気に入っていることは明白だ。

紗理奈が自分の気に入った物を私に譲ってくれたことなど一度もない。自分の手に入らないぐらいなら壊してしまうタイプだ。小さい頃、何度紗理奈にお気に入りのおもちゃを壊されたかわからない。

一次会の後、大学の近くに借りているアパートに戻ってからも、八神さんの姿や言葉を頭の中で再生して、ドキドキワクワクした。

それから数日が経って、実家の母から連絡が入った。

『あ、友理奈？　明日、紗理奈の誕生日でしょ？　家族全員で夕飯食べて、お祝いしましょ、友理奈の誕生日のお祝いも兼ねて、ね？』

姉の誕生日の三日後が私の誕生日。セットでお祝いされることには慣れた。

「紗理奈は新しい財布かバッグが欲しいって言ってたわよ」

と、母がさりげなくプレゼントのヒントを寄越した。

両親は異常なほど紗理奈に気を使う。幼い頃からずっと。結果、紗理奈は我が儘で自己中な性格になった。それは周囲が彼女をちやほやし過ぎたせいだ。子供の頃からずっと特別扱いされてきたのだから、女王様気質にならない方がどうかしてる。紗理奈のせいじゃない。ずっと自分にそう言い聞かせてきた。

「お誕生日おめでとう！」

手料理が並ぶテーブルを囲みながら、私はプレゼントを差し出した。

「わ、ありがとう、友理奈」

嬉しそうな顔をしてラッピングを外した紗理奈は、箱の中味がワインレッドの長財布であるのを見ると、途端に不機嫌になる。

「えー？　こんな色？　普通に黒い財布が欲しかったのにぃ」

と私が一ヵ月のバイト代を注ぎ込んだブランド品を箱ごとテーブルの上に放

り出した。自分の言葉にダイニングの空気が凍りついたことにも気づかないのか、紗理奈はその後、両親が渡したバッグにも一通りのいちゃもんをつけた。

「さ、さあ、ケーキでも切ろうか。母さん、ナイフ、ナイフ」

急に両親の言葉数が増える。室内の空気を変えようとするみたいに。

「そ、そういえば、紗理奈。前に連れてきたボーイフレンドとはどうなの？」

「八神のこと？」と紗理奈が聞き返す名前を聞いて、心臓がドキリと跳ねた。

「そうそう。素敵な人じゃない？　それに大学院卒のエリートなんでしょ？」

「残念ながら、オタクは無理。キモいもん」

そう言い放った紗理奈は、母が作った手料理にも、「また味が濃いなあ。やだ、サラダにセロリが入ってるじゃん」とひとしきりクレームをつけた。いつもなら我慢できるのに、今日に限って堪忍袋の緒が切れてしまった。

「お姉ちゃんのバカ！　なんで、そうやって人の気持ちも考えずに何でもポンポン言うの？」

紗理奈が驚いている。私が姉の言動に文句を言ったことがないからだろう。

「は？　何？　あんた、何、急に切れてんの？」

「みんながお姉ちゃんに気を使ってるのがわからないの？」

「わかってるよ、そんなこと」

「え……？」

今度は私の発言のせいでダイニングの空気が凍りついたのがわかる。

「友理奈、私の部屋で話そっか」

紗理奈が初めて両親に配慮するような態度を見せる。戸惑ったが、ダイニングを出て二階に上がる紗理奈の後に続いた。固まっている両親を置いて。

紗理奈の部屋は濃淡のあるピンクと白のインテリアで統一されている。

「お姉ちゃん……。知ってた……の……？」

カラカラに乾いた喉から声を振り絞り、曖昧に確認した。

「中三の時にお父さんとお母さんが夜中に喋ってるのを盗み聞きして知った、

この家の養女だってこと。私、本当の両親に虐待されて施設に保護されてたんだってね。まだ一歳半だったみたいだから、虐待の記憶は全くないけどね」

私と両親が必死で隠してきた事実を本人が知っていた……。紗理奈自身の口からそれを聞き、頭の中が真っ白になった。

私がこの秘密を知ったのは高校三年生の時だ。修学旅行でパスポートが必要になり、戸籍謄本をとる前に両親から教えられ、愕然とした。

『ずっと子供ができなかった私たち夫婦にとって紗理奈は宝物だったのよ』と母は語った。そして、苦しい不妊治療のせいでギスギスしていた家の中が紗理奈のおかげで明るくなり、夫婦仲もよくなって自然に私を授かったのだと。『紗理奈があなたをこの家に連れてきてくれたんだって思ったわ』と母は涙ぐんだ。

「お、お姉ちゃん……、知ってて、みんなに気を使わせてたの？」

「そうだよ。じゃなければ、どうすればよかったの？」

「どうすれば、って……」

「私が家族に気を使って、可哀想な養女を演じればよかった？」

返す言葉がなかった……。真実を知った時、紗理奈は中学三年生。不自然に態度を変えることもできず、ひとりで自分の秘密を抱え込んでいた紗理奈……。

「ごめん……。お姉ちゃん。ひどいこと言って……」

「アハハ。なんであんたが謝んの？　お人よしだよね、あんたもお父さんもお母さんも。こんなぬるい家族に引き取られてほんとにラッキーだったよ」

紗理奈がケラケラ笑う。もう何を言われても反論できなかった。

「でも、ほんとは私、友理奈のことが羨ましかったんだ」

紗理奈がポツリと言う。それは思いもよらないひと言だった。華やかで人気者の姉をいつも羨んでいたのは私の方だったから。

「お父さんもお母さんも、あんたには本気で無理を言うし、本当の家族って感じがしてさ」

いつも我慢させられるのは私だった。けれど、それは本当の子供だからだということに紗理奈は気づいていたのだ。その気持ちを考えると、喉の奥がきゅうっと熱く締め付けられる。その時、紗理奈が急に私の心に踏み込んできた。

「あんた、八神のこと、気に入ってんでしょ？」

「え？　いや、そ、そ、そんなことは……」

泣きそうになっている時に何の脈絡もなく紗理奈の口から出た八神さんの名前にドキリとし、わけもなくあたふたした。――もうバレたも同然だ。

「私、ほんとは八神のこと、気に入ってたんだよね。どんなに趣味が合わなくても、話が嚙みあわなくても」

え？　そうなの？　と私は紗理奈の気持ちに気づいていなかったふりをした。

「けど、フラれた。ま、無理して付き合っても続かなかったと思うけどさ」

紗理奈が初めて本心から喋っているような気がした。

「あんたなら八神と合うんじゃない？」

「そ、そうかなあ……。い、いや、そんなんじゃないし」

必死でごまかしたが、紗理奈はニヤニヤしている。確かに私自身は八神さんに対してこれまで誰にも感じたことがないほどのシンパシーを覚えている。

けれど、彼が同じように思ってくれているとは限らない。これが独りよがりだったらかなり切ない。かと言って紗理奈のように告白する勇気もない。自分に自信が持てない私は、この恋心をそっと葬るしかない。思わず溜め息をついた時、ピンクのカバーが掛けられていベッドの端で黒い物体が動いた。

「えッ？　何？　猫？」

その黒猫はぬいぐるみの中に紛れていたが、不意に身を起こし、窓の方を向いて「にゃあ」と鳴いた。金色の目をした、動きのしなやかな猫だ。

「ああ。これ、友だちの猫。悪いけど、代わりにあんた、預かってくれない？」

「え？　いや、ウチのアパート、ペット飼えるのかどうかもわからないし」

「三日間だけ！　うっかり友達から預かっちゃったのはいいんだけど、私も明日から旅行だし、お母さんは動物全般がダメだし」

私も生き物を飼ったことがない。けれども、ずっと動物を飼ってみたいという願望はあった。飼い主が恋しいのか、窓の方を向いて「にゃあ」と寂しげに鳴くその猫は、本当に綺麗な毛並みをしている。三日間だけでも、この仔が部屋にいてくれたらどんなに癒されるだろう、と心が揺れた。

「お願い！」と言って紗理奈が私に向かって手を合わせるという、かつてない状況に驚き、私は結局、猫を三日間限定で預かることになった。

「この仔、なんて名前？　なんて呼べばいいの？」

「知らない。聞かなかった」

そんな不憫な猫を入れたバスケットを抱えて私が紗理奈の部屋を出ると、ドアの前に心配そうな顔をした両親が立っていた。

「紗理奈！　お母さん、これからはもっと紗理奈にも無理を言うからね！」

泣きそうな顔をして娘の部屋に駆け込んできた両親に、紗理奈は言い放った。

「悪いけど、私のことはこれまで通りチヤホヤしてくれる？」

絶句する両親を残し、私は黒猫を連れて自分のアパートに戻った。

「え?」

アパートの前に八神さんが立っている。住所など教えてはいないのに。

「八神さん? ど、どうしたんですか? こんな所で」

「いや……。紗理奈がここに俺の猫がいるっていうから」

「へ? 八神さんの猫? え? どういうことですか?」

混乱する私に「実は」と言いにくそうに語り始めた八神さんの話を要約すると、紗理奈は今日、彼の家に押しかけて告白したらしい。そして、交際を断られた腹いせに、玄関先で寛いでいた八神さんの猫を連れ去ったのだという。

「気が付いてすぐに追いかけたんだけど、アイツ、逃げ足が速くて。紗理奈の住所も連絡先も知らなくて困ったよ。さっき、やっとスマホの番号知ってる同僚がつかまって、電話かけたら『猫はここの住所にいる』って言うから……」

「ご、ごめんなさい! さっき、お姉ちゃんに三日間だけ預かってってって言われて。本人も返すつもりだったと思います。お姉ちゃん、本当は不器用で……」

家族に対する態度もひねくれている、なんてことは言いにくい。紗理奈の歪んだ行動をどう説明していいのかわからなかった。

「この仔ですよね？」と私は慌ててバスケットを八神さんに差し出した。八神さんがバスケットの中を覗くと、中から「にゃあー！」と甘えた声が聞こえる。

「良かった……」と呟いて、ほっとしたようにバスケットを抱きしめる八神さん。それだけで、かなり心配していたことがわかった。

「あの……。最後に一回だけ、この仔、撫でさせてもらっていいですか？」

部屋に連れ帰ったらずっと膝に乗せて撫でまわすつもりでいたのだ。

八神さんは黙ってバスケットを私に差し出す。私は慎重に蓋を開け、黒い背中にそっと触れた。滑らかな背中だ。

「じゃあね、ライト」

ここまでの道すがら考えた猫の名前だった。私が三日間、呼ぶはずだった名前を口にした時、八神さんが「え？」と驚いたような顔になった。

「あ、ごめんなさい。勝手に名前、つけちゃって」

「だよな。紗理奈もコイツの名前、知らないはずだし」

「一番好きなマンガのキャラの名前なんです。この仔の目が月の光みたいで」

マジか、と呆れたように呟いた後、八神さんが「あたり」と言った。

「コイツ、ライトって言うんだ。俺の大好きなマンガの登場人物」

「嘘……。私も……！」

自分の分身かと思うほど波長の合う男性に出会えた奇跡に感動していた。と
その時、ポケットでスマホが振動した。紗理奈からＬＩＮＥが入っている。

《友理奈。ちょっと早いけど、ハッピー・バースデー》

それを見て、黒猫は私を八神さんに再会させるためのプレゼントだったんだ
と確信した。不器用な紗理奈の優しさがじんわりと胸に広がる。私も返信した。

《お誕生日おめでとう。お姉ちゃん、大好きだよ》

七日目の秘密
杉背よい

一日目。中津川瀬利《なかつがわせり》は、1Kの自宅マンションで一人くすぶっていた。ソファベッドに寝転がり、だらだらと映画を見たり寝たままジャンクフードを食べたりしていた。何をしてもいいのである。瀬利は一人なのだから。

五年間付き合った彼氏に突然振られた瀬利は、同時に突然暇になった。五年も付き合ったのだからそろそろ結婚かも？　などというプレッシャーや、女子らしくあるべしという呪縛から解き放たれて一気に「素」の自分が噴出した結果、今の生活に至る。

「あー、不幸だけど楽だわ。孤独だけど自由だわ」

瀬利がごろんとソファの上で寝返りを打ったとき、玄関のチャイムが鳴った。

「瀬利ー、いるんでしょ？」

出た決めつけ。心の中で瀬利はつぶやく。声の主は親友の亜美《あみ》に違いなかった。いつも気まぐれにやってきて、瀬利の家で好き放題に振る舞うくせに何故か憎めないのだ。「何？」とドアを開けた瀬利は思わず後ずさった。

「どうもどうも。突然で悪いんだけどさ」

瀬利は亜美の手元に釘付けになる。亜美は片手に飼い猫のププを抱き、もう片方の手でやたらに大きな荷物を抱えていた。

「この子、預かってくれないかな。急に彼氏と旅行に行くことになってさー」

はあ⁉　と瀬利は声を上げた。毎度のことながら何を勝手なことを言ってるんだこいつは。

「無理無理無理無理！　わたし、動物苦手だって言ったじゃん」

「動物じゃないよ、猫だよ」

平然とした顔で亜美は言った。ダメだ、話が通じない。瀬利は断る方法を瞬時に模索した。

「名前はププ。男の子ね。必要なものは全部……ほとんど持ってきたから！ほんとごめん。この借りは絶対返すから、お願い！」

「いや、だって無理だって……」

「そこを何とか」とププを腕の中に押し付けられる。とても柔らかくて温かくてびっくりした。可愛いかもしれない、と瀬利は一瞬心が揺らぐが、

「可愛いでしょう？　だから大丈夫！」

亜美はそんな心の隙に付け入るように強引にまとめる。ププは大人しく腕の中に収まっておらず、瞬く間に瀬利の元を飛び出して警戒するように家の中を観察し始めた。「ププもなついてるみたいだね！」と亜美が微笑む。

どこがだよ。突っ込む間もなく、亜美は彼氏に急かされている様子で出ていってしまった。「一週間後にまた来るから！　お土産期待しといて」と陽気に言い置いて。廊下で待っていたらしき彼氏と亜美の弾んだ声が聞こえる。

瀬利は呆気に取られた。「おい〜！」と一人虚しくつぶやく。

振り向くとププと目が合った。怖いくらい真顔である。

どうするよ、わたし。瀬利はため息をついた。

二日目。前日亜美が帰った後、瀬利は急いでププの住居であるベッドとトイ

レを設置した。まずはスペースを確保するために部屋を整理しなければならなかった。ププの食料や食器、トイレ用の砂。猫と暮らしたことがない瀬利にとっては見慣れないものばかりである。

瀬利はネットの「猫の飼い方」サイトを参考にしながら必要な物を確かめる。その間もププはトタトタと狭い室内を歩き回っていた。どちらかと言えば大柄な、成猫のププが歩くと、瀬利との距離感はギリギリになる。

「それでこれは……お気に入りのおもちゃね」

袋から猫じゃらしのような形状のおもちゃを取り出すが早いか、ププが勢いよく瀬利に突進してきた。

瀬利は声をあげる間もなくもみくちゃにされる。

三日目。ププは少しずつ自分の場所を見つけたようだった。亜美の不在を嘆く様子でもなく、淡々と自分の快適な住み処を整える姿勢はさすがだと瀬利は思う。しかし瀬利とププの距離は縮まらなかった。

「ごはんだよー」

ププは呼んでも出てこない。そっと食器を置き、その場から離れると音もなくやってきて食事をした。好きなタイミングで食べたいのかもしれない。水も決まった場所に置き、瀬利が用事を済ませている間にひっそりと飲んでいる。意思の疎通ができていない――と言うのは猫の特性を考えても、出会って三日目だという事実を考えても当然なのかもしれなかった。「触ってみようか」ふとそんな考えが頭をよぎり、ププに近付くが瞬時に逃げられる。

「……ですよね」と誰にともなくつぶやく瀬利だった。

四日目。休日。昼近くまで寝ていると、頰のあたりに突き刺さるような視線を感じた。「彼氏？」と考えかけて、振られた現実を思い出す。うんざりした気持ちで目を開けると、奥行きの狭い飾り棚の上に乗ったププがベッドの上の瀬利を見下ろしていた。

「危ない！」

思わず跳ね起きた瀬利。同時にププも飾り棚から飛び降りる。そうだった。数日前から同居人、ではなく同居猫がいるということを忘れていた。

「ああ、ごめん……ごはんだよね」

瀬利は起き上がり、ププのための食事をセットする。キャットフード一式は亜美が用意してくれていたが、それらが入った袋に封筒とメモ書きが入っていることに今更ながら気付いた。

「おやつは買いに行けなかったので、必要ならこのお金を使って買ってください。ゴメンネ」

亜美の文字で書かれたメモとともに、封筒の中には五千円札が一枚入っている。四日目になって初めて、おやつの存在を知った。

「おやつ……？」

瀬利が声を上げると、ププが反応して恨めしそうに見た。「会社に行くときは、ごはんと水をセットして、トイレを綺麗にしておいてくれれば留守番させて大丈夫。くれぐれも窓は閉めておいてね」とは聞いていた。亜美の用意してくれたキャットフードがあれば万全と思っていたのだが、必要があればということはあげなくてもいいということ？　もしかしたら、おやつで懐柔すればププともう少し仲良くなれるかもしれない。

瀬利はネットを検索しながら、首を捻る。猫によって好みも違うようである。取り急ぎ、お店に行ってみようと瀬利はププを置いて家を出た。

「中津川さん！」と部屋を出た途端に声をかけられた。管理人の田中さんである。「ねえひょっとして中津川さん、猫飼い始めた？」

田中さんは詮索するように瀬利を見つめる。恐らく五十代前半だろうと思われる田中さんは大の猫好きで、自身も猫を飼っている。瀬利は慌てて友人の猫を一週間だけ預かっているのだと伝えた。管理人、という職業も相まって、男性というよりも気さくな年上女性のような印象を受けた。

「なーんだ、そういうこと。この間、中津川さんのところに猫ちゃんを連れた女の人が訪ねてくるの、見たから」

亜美がププを預けに来た日に、たまたま田中さんに目撃されたようだ。「すみません、ペットの許可証……」と瀬利が言いかけると、短期間だからいいですよと田中さんはにこやかに言った。瀬利は猫のことなら、と田中さんにおやつの相談をしてみた。

「難しい問題だよね。おやつはご褒美にあげることが多いんだけど、トイレを守れてたり、いい子で留守番をしてくれたりするならあげてもいいかもね」

「で、何を買えばいいんでしょうか⁉」

縋る思いで瀬利は訊ねる。「うーん、その猫ちゃんによるけど、とりあえずささみやまぐろを使った市販のおやつにしてみたら？」

「ありがとうございます！」と瀬利は一目散に近所のスーパーに駆け込んだ。

店員のすすめで一番人気のペースト状のおやつを買った瀬利は意気揚々とマンションに戻った。「ププー！」と猫撫で声を上げながら気を引こうとする。

しかし何の返事もない。部屋の中ほどまで来て瀬利は凍り付いた。床には元彼の写真が散らかり、上から盛大に水をかぶったのか修復不可能な状態になっていた。「あーあ……」思わずその場に座り込んだ瀬利の傍らをププがマイペースに通り過ぎる。恐らくププが飾り棚に置いていたアルバムを倒し、水の容器をひっくり返してしまったのだろう。瀬利は写真を取り出して眺める。水を吸ってふやけた写真は、もう誰を写したものかもわからなかった。

——わたし、どうして別れたのに大事に取っておいたりしたんだろう。

一気に自分の未練がましさに引いてしまい、瀬利はあっさりとそれらをゴミ箱に捨てた。これでよかったのかもしれない。こうでもしないと、いつまでも踏ん切りがつかなかっただろう。瀬利は何故か、ほっとした。

「ププ、ありがとね……」

買ってきたおやつを差し出すと、恐る恐るププは物陰から現れ、初めて瀬利の手から食べてくれた。触れるとまた逃げ出しそうなので、ただ美味しそうに食べている姿を見つめる。瀬利はいつの間にか、笑みを浮かべていた。

五日目。いつものようにププに「行ってきます」と言ってから会社に行き、夕方戻ってくると——ププは自分のベッドで丸くなっていた。食事も水もそのままである。慌てて駆け寄ると、ププの息遣いが少し荒い。気になって部屋中を確認すると、下痢をしている形跡がある。

——どうしよう。

うろうろと部屋の中を歩き回った後、瀬利はブランケットにププを包み、そっと抱いて家を飛び出した。

「中津川さん⁉　どうしたの？」

慌てて飛び込んだのはまたしても管理人の田中さんのところだった。帰り支度をしていた田中さんに事の一部始終を話す。

「でも病院って、どうしたらいいのかわからなくて、と、とりあえず飛び出してきてしまいました……」

話している間も声が震える。田中さんは瀬利の腕の中のププを見つめ、「わかった」と頷いた。

「今から僕が知っている動物病院に行こう。僕も一緒に行くから」

「あ、ありがとうございます……！」

車で送ってもらい、田中さんの猫ちゃんかかりつけの動物病院でププを診てもらう。

「心配いりませんよ。恐らく、急に環境が変わったストレスでしょう」

先生が一通り説明してくれる間に、ププは少しずつ元気を取り戻し、瀬利の膝の上であくびをしていた。心底ほっとして、泣きだしそうになってしまう。

「よかったね。中津川さん」

田中さんは家に帰るところだったのに、再びマンションに送り届けてくれた。何度も何度もお礼を言うと、田中さんは「大げさだなぁ」と笑った。

「生き物って大変でしょ？　ちょっと具合が悪いだけで心配で泣きそうになる

よね」

「はい」と瀬利は首がもげるほど頷く。

「でも中津川さん、ちゃんとお世話できてるじゃない」

田中さんの言葉は心に染みた。ププのことなのに、まるで瀬利のこれまでの人生そのものを肯定されたような、温かな気持ちになった。

「本当にありがとうございました」

田中さんと別れて瀬利とププは、小さなマンションの一室に帰ってきた。そっとププを床におろすとトコトコと歩き出し、少しごはんも食べた。

――大変だけど、可愛いんだよ。つらさや心配を上回るほどにね。

帰り際、にこっと笑った田中さんの言葉が蘇る。瀬利は初めてププに近付き、そっと背中を撫でた。ププは、抵抗もせずにそのまま撫でられていた。

六日目。ププは瀬利が愛用するクッションの上が気に入り、しばしばその上で眠っていた。ププが来るまでは瀬利が寝転がって枕にしていたクッション。

なんてこともないシンプルなデザインだが、グレーの毛並みのププが乗っていると何だかほっこりとするし絵になる。

「そう言えば、ププの写真、一枚も撮ってなかったなぁ」

仕事とお世話に手一杯で、そこまで気が回らなかった。亜美も写真一つよこさないと心配しているかもしれない。ああ、五日間も無駄にしてしまったと瀬利は後悔する。そーっと近付き、スマホを向けると、ププは寸前でぱちりと目を開けてすばやく逃げてしまった。

「ねえ、お願いだから一枚ぐらい撮らせて！」

バタバタと瀬利はププを追い回す。しかしまともな写真は一枚も撮れない。

――明日、迎えに来るのか。

急に瀬利はしんみりとした。亜美が連れてきたときには追い返そうと思ったし、猫と一対一になったときには途方に暮れた。

でも今となっては寂しい。瀬利は一通りのドタバタを終えて、クッションの上で寝息を立てているププの寝顔を眺めた。いくら見ていても見飽きなかった。

瀬利は想像する。もし、急に亜美が結婚するとか言い出して、ププを飼えなくなったからこのまま瀬利が飼ってよ――などと頼んできたら、お金を貯めてもう少しだけ広い部屋に引っ越そう――。そこまで考えて「そんなわけないか」と苦笑する。瀬利は自分の気持ちがこの間とは百八十度変わっていることに改めて驚いた。

七日目はあっさりやってきた。ゆっくり帰ってくるかと思いきや、亜美は午前中にププを引き取りに来た。

「ごめんねー、無理言って。ほんと、助かった‼」

亜美は玄関に大量のお土産を置き、ププに手を伸ばす。「ププー、寂しかった？」その声に反応して、ププは歩き出した。行ってしまうのか、と思ったそのとき、ププは突然踵を返して瀬利の足元に擦り寄る。そして驚く瀬利に向かって一声鳴くと、亜美に連れられ部屋を出て行ってしまった。

瀬利は呆然とした。あっけなく過ぎた一週間の出来事が頭の中を巡る。

「何で今日なんだよ‼　やっと馴れたと思ったのに！」

瀬利はププが出て行ったドアに向かって一人で叫んだ。涙が出た。せっかく、仲良くなったたし、すごく好きになったのに。瀬利は泣き疲れて寝てしまった。

一週間後。再びチャイムが鳴り、夢うつつの瀬利はベッドから跳ね起きた。

「ごめーん、今度は急な海外出張でさ。一か月くらいかな？　お願い！」

亜美が手を合わせた拍子にププが腕の中から飛び出し、悠然と部屋の中を歩く。そして早速修復した飾り棚の上に飛び乗ると、そこから盛大に飛んだ。「あー」と慌てる亜美の声。置物や雑貨を蹴散らして涼し気な顔でお気に入りのクッションに座るププ。しかし瀬利は「大丈夫」と笑って、こっそりうれし涙を拭った。後ろ手にそっと隠したスマホの待ち受け画面。それがブレブレなププの写真であることは、瀬利だけの秘密だ。

いつか虹の橋を渡るまで
猫屋ちゃき

藤井麻衣《ふじいまい》は壁の時計と手元の小さな弁当箱を交互に見ながら、険しい顔をして手を動かしていた。クマ型のおにぎりに、海苔を切って目と鼻にしたものを貼り付けたら完成だ。だが、この作業がお弁当作りにおいて、一番神経を使う。

「ママー、聞いてー。けんちゃんのとこの猫ちゃんがねー」

ダイニングから息子の悠介《ゆうすけ》が話しかけてくる。そちらを見ると、まだ朝食のパンは半分以上残っていた。時間は八時五分を過ぎている。マンションの前に幼稚園のお迎えバスが来るまで、あと十分もない。

「猫ちゃんね、まだトイレ覚えられなくて、ソファのクッションとかにおしっこしちゃうんだって」

「へえ、そうなの。ゆうくん、朝ごはん、ちゃっちゃと食べちゃって。食べたらおトイレ行って、お着替えね」

「うん。それでねー」

「もう、健太《けんた》くんのところの猫の話はいいから！」

パンを手におしゃべりを続けようとする悠介をたしなめ、麻衣はランチョンマットに包んだ弁当箱をリュックに入れた。ぴしゃりと言ったからか、悠介は牛乳を飲んで「ごちそうさま」と言うと、トイレに駆けていった。

時間が迫っていたのもあるが、猫の話を振られてむきになってしまっていた。この頃、悠介が口を開けば「動物を飼いたい」と言うのが嫌で、つい話題をそらそうとしていた。幼稚園のお友達が最近猫を飼い始めたと聞き、もともと動物が好きな悠介は自分も飼いたくてたまらなくなっているらしい。

だが、麻衣は動物をペットとして安易に家に迎え入れるのには反対だ。愛玩《あいがん》するならぬいぐるみでいいし、本物を見たいのなら動物園にでも行けばいいと思っている。

「ママー、靴下どこー？」

トイレから戻ってきた悠介は、どこかでパジャマを脱いできたのか、上下とも下着姿になっている。そしてなぜか、一番に靴下を履きたいようで捜している。同年代の男の子と比べるとおっとりしているほうだが、それでもやはり手がかかる。

「ゆうくん、着替えはリビングのソファの上に出してるから！　来て！　もう急がないと」

麻衣は呼び寄せた悠介に手早く服を着せていく。仕上げに園指定のスモックを着せ、帽子を被らせたら完成だ。洗面所に走り、簡単に歯磨きを済ませたら急いで玄関を出る。

「藤井さん、おはよー。先生、ゆうくん来ましたよ」

「すみません！」

マンションの下までいくと、健太くんママが園バスを停めてくれていた。麻衣は先生に頭を下げ悠介を預けると、ようやく呼吸を整えた。

「いつもすみません」

「いいのいいの。うちだってバタバタなことあるんだもん。今日はね、ミケちゃんに起こされて無駄に早起きだったから余裕があったんだけど」

そう言って笑う健太くんママ――橋本《はしもと》は、少し疲れた顔をしていた。トイレを覚える前の子猫はどこででも粗相《そそう》をするし、エサだって一日に何回も与えないといけないから育てるのは大変なのだろう。おまけに橋本は悠介と同い年の健太の上に小学生の子供が二人いる。三人の子育てをしながら子猫の世話なんて、きっとものすごく疲れるにちがいない。

「やっぱり猫ちゃん、大変ですか？」

「うん、まあね。でも、可愛いのよぉ」

同情を込めて尋ねると、橋本は嬉しそうにした。

「大変だけど、動物はいいわよー。子供の情操教育にもいいし。藤井さんも絶対飼ったほうがいいって！　それにゆうくん、可愛いもの大好きだもんね」

橋本は、ひとしきり子猫の可愛さを麻衣に語って聞かせた。トイレの失敗に始まり、エサの好みのこと、熱中している遊びなど、とにかく夢中でしゃべっている。麻衣も聞いているだけで可愛いなと思えるが、話し足りて満足した橋本と別れるころには、もやもやした気持ちを抱えてぐったりしていた。

(動物の命は、子供の教材じゃないのに……)

橋本が言った「子供の情操教育にいい」という言葉に引っかかりを覚えていた。生き物と暮らすことが子供に何かいい影響を与えるというのは否定しないが、そのために動物を飼うというのはどうしても受け入れがたい考えだ。それは麻衣が動物を好きだからこそ。

大学生の頃、ペットショップで一目惚れしたセキセイインコを飼っていた。とても可愛くて賢い子で、就職して引っ越すときも、夫と結婚してからも、当然新居に連れていった。おしゃべりと歌が好きで、話しかけると簡単な相槌が打てるし、機嫌がいいと歌を歌ってくれた。

大切に飼っているつもりだったが、その子は四歳のときに病気になった。止まり木に立てなくなったので慌てて病院に連れて行くと、腹部に腫瘍ができていると言われた。薬で治療を試みたものの、それからしばらくしてあっけなく死んでしまった。セキセイインコの平均寿命は五年から十年ということを考えると、早死にさせてしまったと言えるだろう。

その手の腫瘍は小鳥にはありがちなものらしいが、それを聞いて麻衣は激しく後悔したのだ。もっと自分がセキセイインコのことを勉強していたら、もっと普段から病院に行くようにしていたら、死なせずに済んだのではないかと。病気になったとしても早期に発見できれば、苦しませることはなかったのではないかと。

その反省から麻衣は、それ以来、不勉強なまま動物を飼う人間を嫌悪している。だから麻衣は悠介にペットを飼っていいとは言えなかった。小さくて愛しい命があっけなく失われるのは、もう耐えられそうにない。

そのため毎日のようにペットを飼いたがる悠介をなだめながら過ごしていたのだが、あるとき思いがけないことが起きた。

「ママ、見て見て！　鳥ちゃんだよ！」

ある日の午後。幼稚園に迎えに行った帰りに悠介を公園で遊ばせていると、彼は両手に何かを大事そうに包み込んで駆けてきた。泥団子で上手に何か作ったのかと思ってその手の中を覗くと、そこにあったのはやや薄汚れた白い毛玉だった。

「え……これは、文鳥？　本物？　どこにいたの？」

「あっちの背の低い木のとこ。ふわふわが見えて、ぬいぐるみかなって近づいたらこの子だった」

悠介の視線の先にあるのは、公園を囲む植え込みだ。そこに行ってみるが、近くに人はいない。そもそも公園に文鳥がいる時点で不自然だし、少し考えれば迷い鳥だとわかる。それに何より、文鳥はあきらかに弱っている。

「ママ、この子飼っていい？　シロちゃんって名前にする」

「……弱ってるから、とりあえず連れて帰ろうね」

悠介にキラキラとした目で見つめられて麻衣は迷ったが、弱った小鳥を見捨てるわけにはいかない。仕方なく、文鳥を手にしたままの悠介を促《うなが》してマンションに急いで帰った。

帰宅して悠介と文鳥を家に残し、最寄りのスーパーに自転車を走らせ、小鳥のエサを購入した。弱った鳥は自力で食べることができない場合もあるから、強制給餌《きゅうじ》の方法も調べたが、運良くこの文鳥はお湯でふやかした粟《あわ》を食べることができた。水も飲むことができ、見たところ羽や脚に外傷はなかった。

文鳥の体調を確認してからは、家事と並行しながらその文鳥の飼い主探しを始めた。橋本に連絡するとすぐにママ友の間で情報が共有され、しかるべきところへ問い合わせをしたり、ＳＮＳで飼い主を探したりということまでできた。

そうして慌ただしく麻衣が動いている間に、文鳥は元気を取り戻し、悠介に可愛がられてすっかり家に馴染み始めていた。

保護した次の日には「いつまでもお菓子の空箱が家じゃ可哀想だし」と夫が

ケージをネットで注文し、その数日後には「退屈させるのは気の毒だ」と言ってオモチャを買って帰ってきた。悠介もペットの代わりにぬいぐるみで我慢していたのを、文鳥が来てからはその子に構いきりになって世話を焼きたがっている。

たくさんの人に協力してもらっているし、手を尽くしている。パソコンを使ってビラも作り、許可をくれたコンビニやスーパーに貼らせてもらった。手に乗りたがる文鳥の人馴れした様子を見れば、可愛がられて飼われていたと推測できるから、麻衣は何としても飼い主のもとに返してやりたいと思っていた。それなのに、何の情報も得られないまま日々は過ぎていった。

「シロちゃん、見て見て。これ、僕が大好きな絵本だよ」

ある日の夕食時、慌ただしく食事を済ませると、悠介は自分の部屋から取ってきた絵本をケージ越しに文鳥に見せていた。文鳥は興味があるのか、止まり木からケージの側面に飛び移ると、じっと絵本を見た。その様子を、夫は晩《ばん》酌《しゃく》しながら上機嫌で眺めていた。

「悠介、すっかりお兄ちゃんぶっちゃって。でも、弱いものに優しくする経験になっていいな」

夫は、息子が小動物と戯れる姿が可愛くて言ったのだろう。そこにきっと、他意などない。でも、文鳥を保護してからずっとピリピリしているため、その言葉にカチンときてしまった。

「その口ぶりだと、あなたも悠介の情操教育のためにペットを飼ったらどうかって言うんでしょ？　でも私、命を子供の教材みたいに考えるのって好きじゃないの」

「そんなこと言ってないだろ。俺はただ、シロちゃんも悠介に懐いてるから、このままうちにいるのもいいかなって思っただけだよ」

「無責任なこと言わないで！」

夫の言葉がまるで、飼い主探しをする麻衣の行動を否定しているように感じて、つい声を荒らげてしまった。まずいと思ったときには遅く、母親の険しい声に悠介は不安そうに瞳を揺らしている。ふくふくしていた文鳥も、心持ち小さくなってしまったようだ。

「麻衣、疲れてるんだよ。後片付けは俺がやっとくから、少し休んで」

「……ごめんなさい」

この空間でピリピリしているのは自分だけなのだと気がついて、麻衣は素直に寝室に行くことにした。そのとき、リビングの電話台の上の写真立てが目に入る。そこには、元気だった頃の愛鳥の姿があった。

（あの文鳥は、飼い主のところに返してあげるのが幸せなんだ。可愛いからってうちで飼いたいと思うのは、こちらのエゴでしかないもの……）

ベッドに横になり、そんなことを考えて麻衣は文鳥への愛着を頭から追いやろうとした。そのとき、枕元に置いたスマホが、メッセージの受信を知らせる。

「健太くんママからだ。……え？」

メッセージは橋本からで、そこには文鳥の飼い主についてわかったと書かれていた。橋本がいろんな人から情報を収集した結果、文鳥はつい最近引っ越していった人が捨てたものではないかということらしい。

『ごみ捨て場に小鳥用のケージが捨てられているのを見た人がいるんだって。時期的にその引っ越してった人が捨てたものだって考えて間違いないと思う』

文末には、涙を流す顔の絵文字がいくつもついていた。橋本も麻衣と一緒に飼い主を探すうちに、文鳥にかなり同情してくれていたのだ。自分のところでは飼えないが、もし里親を探すのなら協力するというメッセージも届いた。

「あの子、捨てられたの……」

人の手が好きで、人のことを信じ切っている文鳥を思うと、麻衣の胸は痛んだ。飼い主は、何を思ってあの子を捨てたのだろうか。次の引っ越し先がペット不可のところだったのだとしても、今まで一緒に暮らした子をごみ捨て場に置き去りにしてしまう神経は理解できなかった。

運良く逃げられたのか、それとも誰かが同情してケージを開けてくれたのかわからないが、あの子が悠介に拾われたことはきっと幸運なのだ。悠介が発見することなく、猫やカラスに食われたり弱って死んでしまったりすることを想像したら、麻衣は飼い主に激しい怒りを覚えた。

小さな命を幸せにする覚悟のない者に、ペットを飼う資格はない。

「ゆうくん、あのね、その文鳥さんのことで健太くんママから連絡があったんだけど……」

「飼い主さん見つかったの？　おうちに帰れるの？」

わかったことを伝えようとリビングに行くと、悠介が少し不安そうに尋ねてきた。だが、その言葉はまず文鳥を気遣ったものだ。この子は、たとえ文鳥とお別れすることになったとしても、文鳥の幸せを願ってやれるということだ。

「ううん。その子、どうやら捨てられてしまった子みたい。最近引っ越していった人がいて、ごみ捨て場に鳥かごがあったって……」

事実を伝えると、悠介も夫も悲しげに顔を歪めた。それから、いたわりの視線を文鳥に向ける。文鳥は、無垢な目で悠介を見つめていた。

「ねえ、ママ。僕、シロちゃんと暮らしたい。飼うんじゃなくて、シロちゃんの家族になりたい。ちゃんと、文鳥のこと勉強するから」

悠介は麻衣のそばまで来て、すがるように言った。

「ママがソラちゃんとお別れして悲しかったのはわかってる。でも僕は、いつか来るシロちゃんとのお別れが悲しいからって、シロちゃんと暮らす幸せを知らないのは嫌だよ」

悠介は電話台の上の写真立てに視線をやる。ソラというのは、麻衣が飼っていたセキセイインコの名だ。小さな頃から話して聞かせていたから、悠介にとってもソラは家族のような感覚なのだろう。

悠介と文鳥を見ると、ソラとの楽しい思い出がいくつも蘇ってきた。確かに、生き物と暮らすことは悲しいことだけではない。むしろ、幸せの積み重ねだ。

そのことを、文鳥が思い出させてくれた。

「そうだね。……シロちゃんはもう、家族だもんね」

しがみついてきた悠介をそっと抱きしめて、麻衣は覚悟を決めた。縁あって我が家にきた小さな命を、幸せにする覚悟を。

「この家の子になってよかったたって、シロちゃんに思ってもらえるようにしようね」

麻衣が言うと、文鳥が「ピッ」と鳴いた。

チーちゃん　ハイ！

鳴海澪

「ほら、言ってみ。たっちゃん、イケメン、かっこいい！」

キッチンに立つ智草《ちぐさ》は背中から聞こえてくる声に吹き出した。ネギを切る手を止めて振り返ると、1Kの部屋を占領しそうな長身を丸めた樹生《たつき》が、壁際に置いたセキセイインコのケージに顔を寄せている。

「無茶なこと言わないで、たっちゃん。困ったお客さんですねぇ、アオちゃん」

ケージの中で首を傾げている水色の小鳥に智草は呼びかけた。その声に反応したアオが「チーチャン　カワイイ　スキスキ」と人声で鳴く。

「何だ、こいつ。俺のことは無視するくせに。世渡り上手な鳥だなあ」

眼鏡を直して小鳥を睨む振りをした樹生は、立ち上がると智草の背後に回る。

「蕎麦、俺が茹でようか？　休日の男の料理ってほどじゃないけど、まかせて」

「ほんと？　ありがとう。お願いしちゃおう」

「えー、冗談で言ったのに……真に受けられてしまいましたとさ」

軽い口調で嘆く樹生に場所を譲って、智草は小鳥のケージの前に座った。

「日差しが眩しくなりましたよねぇー、アオちゃん。もうすぐ五月だもんね」

そう言いながら、智草はストールでケージに日陰を作った。

「俺、最近よく鳥の動画を見てるんだけど、インコって結構しゃべるのな。アオも智草が教えたこと覚えるけど、普通そういうもん？」

「女の子はあんまりしゃべらないかな。アオちゃんは男の子だし上手だよね」

アオが智草のもとに来たのは、不動産会社の仕事始めの日だった。自転車通勤の同僚が道端にいたアオを見つけ、とりあえず会社に連れてきたのだ。

――かわいいけど、鳥ってどうするの？　おやつのおかき食べる？

――温めるのか？　靴に入れてきたのでよければカイロを使うか？

周囲がまだ正月気分であれこれ騒ぐ中、智草は段ボールで簡易の籠を作り、使い捨てカイロをハンカチに包んでセットした。手早くそれらをやってのけた智草に「首藤《しゅどう》さん、鳥のお母さんみたい」とどよめきが起きた。実家で、幼い頃から母と一緒に小鳥の世話をしてきた智草には当たり前のことだった。

ついでに「首藤さんが面倒を見てあげたらいいよ」と会社中から言われたのは想定外だったが、ケージなどの購入代金をカンパしてくれたのは助かった。

「警察にも届けたし、ネット掲示板にも出したけど、結局飼い主は見つからなかったんだもんな。智草があんなに探したのに残念だったよな」

茹であがった蕎麦を小さなテーブルにセッティングした樹生が腰を下ろした。

「住所とか電話番号とかしゃべれるように教えておけばよかったのに」

「覚えやすい言葉とそうじゃない言葉があるみたいで、何でも覚えられるわけじゃないのよ。保護したときは、アオちゃんぐらいしか言わなかったもの」

智草の言葉に同意するようにアオがピーと甲高い声を出す。

「この声って結構響くな。都内の単身者用のアパートでよく飼うのを許してくれたよ」

「そうなの。松岡《まつおか》さんが、動物が好きで助かったわ」

隣の平屋に独りで住むこのアパートの大家、松岡千春《ちはる》が小鳥の飼育を快く認めてくれたことを、智草は感謝する。

「この間も玩具《おもちゃ》をくれて、そのときにアオちゃんの動画も撮っていったわ。スマホの扱いが上手くてビックリした。ネットなんかも詳しいみたい。すごいね」

ケージにつり下げた木の玩具を智草は指さした。

「六十代だっけ？　普通にできるよ。それにしても、大家さんは鳥好きなんだ」

「亡くなったご主人は猫好きだったみたい。幼稚園のお孫さんが最近『青い鳥』の絵本にはまったんで鳥に興味が湧いたんだって。字は私と違うけど、お孫さんも『千草《ちぐさ》ちゃん』って名前なのよ。だから青い鳥のアオちゃんが『チーチャン』って言うのを見せたいって、しきりに言ってた」

「見せるって……遠くに住んでるの？」

「車で一時間ぐらい。お孫さんが遊びに来たなら直接見せてあげられるけど、来てるのを見たことがないの。息子さんは行政書士？　だって、聞いた記憶があるんだけど、そんなに忙しいのかな」

孫の話をするときの、嬉しさと寂しさの入り交じった松岡の表情を思い出して、智草は少し気持ちが沈む。普段は血色のいい丸顔が少し萎《しな》びて見えた。

「休みでも忙しいんだろ。俺だって自社の食品を休日に食べ歩いたりするし」

「そうだよね……。それはともかく、アオちゃんをいつまでも置いておけない。昼間は誰もいなくて可哀想だしね。夏休みには高崎の実家に連れて帰るわ」

「もう一羽飼えば？　せっかく名前まで教えたのに、智草が寂しくない？」

「一人じゃ無理、世話が大変だもの。そこまでのキャパは私にないよ」

「そうか……そうだよな。生きものだもんな……安直には飼えないよな」

そう言って蕎麦を手繰る樹生に智草は不安を覚える。友人の紹介で知り合って五年が経ち、互いに二十八歳になった。智草は結婚を考えるが、樹生は何も言わない。アオと離れる寂しさと、恋の行方の不透明さに智草の胸が軋《きし》んだ。

＊＊＊

アオが来てから出来る限り早く帰宅するが、そうはいかない日もある。会社恒例の納涼会を終えた智草は、駅から十分の道を走り、アパートの階段を駆け上がろうとしたとき、急いで下りてきた人とぶつかりそうになる。

「わっー。あ……松岡さん……どうしたんですか？　何かあったんですか？」

手すりに掴まって勢いを止めた人の真っ青な顔に、智草は驚く。

「あーうん……何でもないの。角部屋の水道の具合を見に行ってただけ。……それより今朝出がけに会ったとき、納涼会って言ってたけど、楽しかった？」

無理に作ったとわかる笑顔が強ばり、額に大量の汗が浮かんでいた。

「ええ、それは……具合が悪そうですよ。息子さんにご連絡しましょうか？」

「本当に大丈夫だから。こんな熱帯夜に急いださいね」

頑なに拒否する松岡に折れて、隣の自宅まで送るだけにした。

「何かあったら、携帯に連絡くださいね」と、念押しをしてから部屋に戻り、ドアを開けた智草は、煌々《こうこう》と明かりがついていることに仰天する。

「つけっぱなし？　嘘！　ぼーっとしてるのかなあ？　ね、アオちゃん」

光の中で丸い目を見ひらいているインコに愚痴ると、すぐに近寄ってきた。

「チーチャン　カワイイ　キテキテ」

「ん？　アオちゃん。何て言ったの？　キテキテじゃなくて、好き好きだよ」

屈み込んで視線を合わせて話しかけると、インコが嬉しそうに首を振る。

「アソビ　キテキテ　チーチャン　キテキテ　チーチャン　ハイ！」

「……遊び、来て……？　何？」

あまりないことだがテレビの音声で覚えたのだろうかと、首を傾げた。

「お利口さんだね、アオちゃん。すごい！　さ、今日はもうお休みですよぉ」

微かな疑問を褒め言葉で消した智草は、ケージに覆いをかけた。

翌朝も智草が支度に追われる中、昨夜褒められたのが嬉しいみたいに「アソビ　キテキテ、チーチャン　ハイ！」とアオは何度も繰り返していた。

教えてない言葉も話すぐらいだから、時間をかけて相手をすればアオはもっと話すようになるだろう。来月の夏休みには必ず実家に預けに行こう。そのほうがアオの能力が伸びる、と智草は教育に腐心する母親のように考えた。

でもアオがいなくなるのは本当に寂しいという思いも募ってくる。

他意などなさそうに「もう一羽飼えば」と言った樹生の気持を考えながら会社で昼食を食べていると、その樹生からスマートフォンにメッセージが届く。

――これ、見て。アオにそっくりなんだけど、智草がアップした？

短い文章に添付されていたアドレスに飛んだ智草は「え？」と声を出した。

液晶画面の中で、水色のセキセイインコが木製の玩具に首を振りながら、しきりにしゃべっている。

『チーチャン　カワイイ　キテキテ　アソビ　キテキテ　チーチャン　ハイ！』

はっきりと聞き取れるクリアな動画だ。動画の音に気づいた同僚が隣から覗いてきて「お正月に拾ってきた子じゃない？」と声を上げた。智草が答える前に、皆が寄ってきて画面を見る。「さすが鳥のお母さん。上手に教えてるわ」と口々に褒められた智草は、曖昧な笑顔を返すことしかできなかった。

＊＊＊

食器を詰めた段ボールをガムテープで閉じる智草の隣で樹生が本をまとめる。

「荷物、結構あるね。智草」

「四年も同じところにいるから。こうしてたまに引っ越すと片付くね」

空元気で言ったのを察したように、樹生が智草の肩をぽんと叩いた。

「ごめんね……せっかくの休みなのに……私のせいで手伝わせて」

「智草のせいじゃないだろう。あえて言うなら松岡さんのせいなんだし」

うん……と言いながらも、智草は気が沈む。

アオの動画をネットに載せたのは大家の松岡だった。智草が留守の昼間に合い鍵で部屋に入り、アオに言葉を教えていたと言う。消したはずの部屋の明かりがついていたのもそのときのことだ。

案外簡単に導き出せた答えを松岡に突きつけるのはさすがに辛かった。

『ごめんなさい。ごめんなさい。……本当にごめんなさい』

蒼白な顔で崩れるように頭を下げた松岡に、抱えた怒りの行き場がなく黙り込んだ智草に代わって、付き添ってくれた樹生が松岡を問い詰めた。

『どうしてこんなことをしたんですか？　普通に彼女がいるときに来てくれればいいだけじゃないですか？　いない間に合い鍵で入るなんて犯罪ですよ』

『……千草に……孫の千草におばあちゃんの鳥って言ったから……私が言葉を教えて……私が孫を待ってるって、ただあの子に伝えたかっただけなの……』

俯いた松岡の震える声に、智草は母を思い出していたたまれなくなった。

実家を離れてから母に会うのは年に数回。自分によく似た瓜実顔《うりざねがお》が年を重ねていくのを見ると、側にいてやらないことに罪悪感を覚える。松岡を責める資格がないような気持ちで、智草は「もういいよ」と樹生の腕を引いた。

だが樹生は「そんなわけにいかない。松岡さんは家主として規範を破ったんだから、その責任は取ってもらわないと」と智草にも厳しい表情を向けた。

結局、警察沙汰にしない代わりに、慰謝料と転居にかかる金額を松岡が支払うということで話はまとまった。松岡を面と向かって責めるのは気が重いが、ここに住み続けるのはさすがに無理だと智草も判断した。勝手に部屋に入られるなど決して許せないし、怖いという気持ちは消えることはない。

「夏休みが引っ越しなんて、ほんとついてない……ね、アオちゃん」

片付けのためにドアの近くに置かれて、落ち着かないアオに呼びかける。

「引っ越しが終わったら、アオを実家に戻すの？」

「うん……次のアパートは鳥の飼育はＯＫだけど、たっちゃんも見てくれたとおり、ここより日当たりが悪いでしょう？　九月の連休には連れて行く」

「そっか……それにしても、松岡さん、自分でインコを飼えばよかったのに」

「どの鳥でもお話しできるわけじゃないし、元々チーチャンって言えたからじゃないかな。それに、松岡さんはアオが本当にかわいかったんだと思う。かわいいと思わないとインコは懐かないし、その人が教える言葉も覚えないよ」

「そういうもん？」

「そういうもんよ、たっちゃん。何事も相思相愛が肝心です」

樹生は優しく頼りになるが、相思相愛なのだろうかと思いながら智草は言う。

「でもね……最初は息子さんのスマホに動画を送ったのに、全然連絡がないから思いあまってネットに上げたわけでしょう。息子さんがお孫さんに見せて、おばあちゃんに電話をしようって言えば、こんなことにならなかったのに」

「それじゃあ、智草は部屋に無断で入られたことも、わからなかったけど」

「それとこれは別。息子の紀章《のりあき》さんと電話で話したとき、仕事柄なのかもしれないけど事務的な雰囲気で……お母さんのことをどう思ってるのかなぁって」

深くため息を吐いた瞬間、チャイムが乱暴に鳴り、智草は飛び上がった。

「通販？」と尋ねる樹生に首を振ってドアに駆け寄る。尋ねるより先に「大家の松岡の息子です」という声に、智草は慌ててドアを開けた。

「首藤さんですね。この度はご迷惑をおかけしました」

何故か挑むように言って頭を下げた紀章に智草も慌てて礼を返した。

「引っ越しの邪魔だとは思いましたが、一応お詫びにお伺いしました。これ」

松岡に似た丸顔の目を怒らせて、紀章は菓子折を差し出した。厄災でも払うように差し出されたそれを、智草は気が進まないまま受け取る。

「本当に母が失礼をいたしました。私から言えた筋合いではないと承知していますが、示談書でお約束したとおり、他言はなさらないようにお願いします」

まるで智草にも非があるような口ぶりだったが、智草は他のことが気になる。

「あ、あの——松岡さんはどうされていますか？」

「別に。お金は振り込みましたし、もう、そちらには関係ないでしょう」

母譲りの顔立ちに冷たい色を浮かべた紀章は、吐き捨てるように言った。

「本当に困るんですよ。いい年してやっていいことと悪いことの区別もつかないなんて。これが自分の親かと思うとうんざりする」

「――そんな言い方は酷いです」

「そちらだって酷い目に遭ったじゃないですか？　庇う意味がわからないな」

「庇ってるわけじゃないです。家に無断で入られたことは嫌ですし、もうここには住みたくないです。それでも松岡さんの全部が悪いなんて思ってません」

智草はまっすぐに紀章を見つめた。

「ご存じないでしょうけど、鳥に言葉を教えるのって大変なんです。ご機嫌を取りながら何度も何度も同じことを繰り返して。松岡さんだってきっと、私に悪いと思っていたはずです。それでもお孫さんに会いたい一心で、一生懸命インコに言葉を教えたんだと思います。松岡さんのその姿を想像したら……私は、とても切ないです……寂しくてたまりません」

いつの間にか背後に来ていた樹生がそっと智草の肩に手を置いた。

「松岡さんに、お元気でとお伝えください。それと、できれば寂しい思いをさせないであげてください。これは貴方へのお願いです」

そう言って頭を下げると、言葉に詰まり視線を泳がせた紀章はそそくさと帰っていった。閉まるドアの音に反応したアオがピーッと高い声で鳴く。

「……智草、アオさ、実家に連れて行くなよ。もう一羽飼えばいいよ」

「無理って言ったじゃない。大変だもん」

抗議しながら振り向こうとすると、背後からすっぽりと抱きしめられた。

「俺、今猛烈に、日当たりのいい部屋に住みたい。アオとアオの嫁さんと、俺と俺の嫁さんで」

「……たっちゃん」

智草は持ったままの菓子折ごと樹生の腕に自分の腕を重ねる。

「寂しい思いをさせないように一生努力します。だから首藤智草さん、俺、稲《いな》田《だ》樹生と結婚してください」

はい、と返事をする前に、「チーちゃん　ハイ！」とアオが鳴いた。

未来へと続く旋律《メロディ》

矢凪

奏出美波《かなでみなみ》が失明したのは高三の冬、卒業を目前に控えた二月末のことだった。都内にしてはめずらしく降り積もった雪の影響で道路の状態は悪く、新木公《しんきぎみ》駅前の交差点で小型トラックがスリップして歩道に突っ込んだ。

十名以上の重軽傷者を出したその事故に巻き込まれた美波は頭部を強打し、視神経を損傷したことで両目の視力を失った。

一か月以上の入院生活を経て、外傷が癒えた時点で退院を許された美波だったが、精神的なダメージは大きく、帰宅してからは自室に閉じこもった。食事や移動、念願だった動物の専門学校への入学を諦めなければならなかったことも含めて何をしようにも両親の手を借りなくてはならない不甲斐なさに加え、大好きだった読書で気晴らしすることもできず、ストレスは溜まる一方だった。

そうして、着ている服が春物から夏物へ替わり始めた五月のある日。自室のベッドの上で朝食を食べ終えた美波に、母親が唐突に話を切り出した。

「ねえ、美波……『盲導犬』の力を借りてみるっていうのはどう？」

盲導犬とは、目の見えない人や見えにくい人の歩行をサポートする補助犬のことだ。奏出家では美波が中学生になった頃から『パピーウォーカー』という盲導犬候補の子犬を預かり育てるボランティアの経験があり、そのことが母親の提案に繋がった。

もともと、美波は生まれる前から奏出家にいた『ダイスケ』という名のラブラドールレトリバーと本当の兄妹《きょうだい》のように育てられた。美波が小六の秋、ダイスケが十七歳で亡くなった時はショックのあまり熱を出したほどだった。

そんな美波にとって『犬』というのは家族と同等かそれ以上のかけがえのない存在だったので、母親の提案にパッと目を輝かせた。

「うん！　そっか……盲導犬、いいと思う！　大賛成！」

それまでふさぎ込んでいたのが嘘のように美波は興奮した。

「ただ……美波も知っていると思うけど、盲導犬は『貸してください』って頼んでも、すぐに来てくれるわけじゃないのよね。待てる？」

盲導犬というのは個人で飼うのではなく、盲導犬の協会から一定期間、貸与されるのだが、様々な要因により、申し込んですぐに『はいどうぞ』とはいかないのが現実だ。

ちなみに、一般的に盲導犬が働けるのは訓練を終える二歳頃から、元気に働ける十歳頃までの八年間で、引退後は協会や、余生を共に過ごしてくれるボランティアの家族に引き取られる。

「うん。私、待つよ」

美波は退院前に『白杖《はくじょう》』を頼りに歩く訓練は受けたものの、独りで歩くことに対する恐怖心が拭えず、いまだに外出できずにいた。しかし、盲導犬がいれば心強い——自由に歩き回りたい、という意欲が湧いてくるのを感じた。

そうして美波の強い要望もあり盲導犬貸与の正式な申し込みをしたのだったが、面接や訓練犬との顔合わせなど、クリアしなければならないことはやはり多かった。盲導犬とのマッチングは、互いの性格、生活環境、歩行環境、運動量、歩行時の速度や体格などを総合的に判断して行われる。ペアになれば八年もの間、寝食を共にし、命を預け合う仲になるわけなので、ことは慎重に進められた。ようやく美波のパートナーとなる盲導犬が決定したのは、暑さが和らぎ始めた九月半ば――それは運命的ともいえる『再会』となった。

というのも、奏出家がパピーウォーカーを務めた三頭目、メスのラブラドールレトリバーの『メロディ』が選ばれたからだ。

メロディは子犬の頃に美波に遊んでもらったことを覚えていたのか、初めは興奮した様子も見られた。しかし、いざ訓練が始まるとしっかりと役目をこなし、美波にとってはかつて兄貴分だったダイスケのような、頼もしい存在となった。

盲導犬との生活を始めるためには、まず四週間に亘る協会に泊まり込みでの訓練が必須となる。この訓練は歩行指導とも呼ばれ、必要な知識を学ぶと同時にパートナーとの信頼関係を深めるための大切な期間でもあった。一か月後、訓練最終日の試験に合格して帰宅すると、今度は自分の生活圏での歩行訓練が始まった。

一人で出歩けるようになったら、美波には行きたい場所があった。

それは高校生の時、学校帰りによく寄った駅前にあるカフェ。店内に流れる音楽は南国のリゾートにいるかのような気分に浸れる心地よいイージーリスニングで、人付き合いが苦手な美波は同級生と遊ぶよりも、そのカフェの窓辺にあるカウンター席に座って静かに読書する放課後が好きだった。

カフェに通っていた理由はもう一つ。店員の中に昔飼っていた犬の愛称と同じ『ダイ』と呼ばれている青年がいたことだ。店員同士の会話から彼の明るく優しい性格が伝わってきて、いつしか恋心を抱くようになった。

その彼にまた会いたい、そしていつか話がしてみたいという強い想いが、決して楽ではない訓練へのモチベーションを保たせていた。

そんなわけで、歩行訓練の最初の目標は、駅前のカフェへ行くことだったが

――前日の訓練では駅前まで辿り着けずに迷ってしまい、背後で見守っていた指導員に助けられながら帰宅するという残念な結果に終わっていた。

美波の家は、新木公駅から徒歩十五分ほどの住宅街にある。駅へ向かうには、玄関を出てすぐ右手に数十メートルほど直進する。丁字路に差しかかると、メロディが一旦停止して道が分かれていることを教えてくれるので、すかさず褒めてから右に曲がる。そこは小川が流れる遊歩道になっていて、道路との境には桜並木があるが、歩くと落ち葉のカサカサという音が聞こえ、秋の訪れを感じさせた。

遊歩道の突き当たりで再びメロディが一時停止したが、ここで教えてくれているのは信号機の付いていない短い横断歩道だ。目が見えない者にとって渡る判断に困るのがこういう場所だということは、訓練を受けて初めて気づいた。たとえ信号機が設置されていたとしても、犬には色を見分けることができないので、いつ渡るかを判断するのはあくまでも人間の方だったりする。車が近づいてきていないか、耳を澄ませて確認するものの、最近は走行音の小さな電気自動車も増えてきているので百パーセント安全とは言えないのだ。

「よし……メロディ、ゴー！」

無事に横断し終えると左折し、マンション群沿いの歩道をしばらく直進する。そこは道幅が広めで歩きやすかったが、朝夕は往来が多く、犬の散歩をしている人に『同類』と勘違いされて話しかけられることがあった。

「あら、かわいいワンちゃんねぇ。撫でてもいい？　オヤツいる？」

そんな具合で相手に悪意はないものの、周りが見えない美波は突然話しかけられると驚くし困ってしまう。『仕事中』と書かれたハーネスを胴に着けているメロディもまた集中しているので、声をかけられたり触られたりすると気が散ってしまうし、もちろんオヤツなんて必要ない。

しかし、慣れない美波はとっさに反応できず、オロオロするばかりだった。

「つ……疲れる……」

疲労感を覚えながらマンション群を抜けると、メロディが再び足を止める。川を越えるための歩道橋があり、美波とメロディは階段ではなく、自転車などが通行しやすいように設けられているスロープの方をゆっくり進んで渡った。

川を越えれば駅まであと少しだ。横断歩道を二つ渡り、駅へ続く高架下の商店街を突き進む。駅前ロータリーを通り過ぎたところにある交差点で左折し、二つ目の角に建っているビジネスホテルの一階部分——そこが、美波が目指していた『サンカフェ新木公駅前店』だ。

「やった……辿り着けた！　メロディ、グッド！　グッドだよ！」

指導員から事前に、店まで行けたら訓練も兼ねて入店し、休憩しても良いという許可はすでに貰っている。

念願のカフェ。美波は特別な日だけ注文していたフレンチトーストとホットチョコレートを頼もうと決めて前進する。自動ドアの開く音が聞こえ、記憶を頼りに数歩進んで注文カウンターの前に立つと「いらっしゃいませー」という女性店員の声が聞こえた。

そうしていざ注文しようとした時だった。

「あの、お客様、当店はペット連れのお客様はご遠慮いただいてまして……」

「えっ？　でも、この子はペットじゃなくて、盲導犬で……」

盲導犬は飲食店に入っても良いと法律で認められている。その事実を伝えようと店員に対してすぐさま反論したが――。

「動物を嫌がるお客様もいらっしゃいますので、すみませんが……」

カフェに来ることを目標に頑張ってきて、ようやく辿り着けたのに、まさか入店拒否されるとは予想していなかった。

美波は泣きたい気分を堪え、ハーネスをギュッと握り締める。

「……わ、かりました。め、メロディ、ゴー……」

震える声で指示を出して反転し、店から出る。自動ドアの閉まる音が、美波には二度と開けることのできない重厚な扉の音のように聞こえた。

「そっか……もう、ダイさんにも会えないんだ……」

唐突に突きつけられた厳しい現実に、美波は愕然としてため息をつく。

考えてみれば、『会う』といっても彼の明るくて優しそうな笑顔を見ることはもうできないのだし、こちらの事情など知るよしもない彼にとって、自分のような客の存在は迷惑に決まっている——美波の心はそんな暗闇に閉ざされていき、帰りの足取りはボロボロだった。

茫然自失の状態となったことで美波の指示が曖昧になり、メロディまで混乱してしまったのだ。歩道に停められていた自転車を倒してしまったり、すれ違いざまに腕がぶつかってしまった男性から怒鳴られたりもした。見かねた指導員のフォローもありなんとか帰宅すると、美波は自室に閉じこもって大泣きした。

その時だ。ハーネスを外され『仕事中』ではなくなったメロディがベッドに前足をかけ、美波の顔を舐め始めた。それは、幼い頃の美波が落ち込んだ時に、ダイスケがしてくれたのとまったく同じ行動だった。

「ダイ……じゃない、メロディだよね？　励ましてくれているの？」

クゥンと心配そうな声が聞こえ、美波はメロディの温かい体を抱き寄せた。

カフェで入店を断られた瞬間、美波はこの世界に拒絶され、独りぼっちになってしまったような気がした。けれど独りじゃない。メロディという頼もしいパートナーがいてくれる。これからも理不尽な目に遭うことがあるかもしれないけれど、ここで諦めて立ち止まっていてはダメだ。

「ありがとう、メロディ。私、頑張るから、また一緒に歩いてくれる？」

まるで言葉が通じているかのように、今度はワン！　と元気な声がしたので、美波は思わずクスッと笑い、リビングで食事を取るため、部屋を出たのだった。

翌日、美波はシャンプーが好きなメロディに日頃のお礼をしようと、駅前のカフェの少し先にあるトリミングサロンを目指した。

歩き慣れてきたのか大きなトラブルもなく店に辿り着き、メロディを綺麗にしてもらうと店を出る。そうして、再び順調に歩き始めた時だった。

「あのっ、すみません、そこの盲導犬連れのお姉さん！」

背後から急に呼び止められた美波は我が耳を疑った。なぜならその声のトーンに覚えがあったからだ。

「私のこと、ですか？」

聞き返す美波の頭に浮かんでいるのは、二度と会えないと思っていた青年の姿。

「ですです、突然すみません。俺、そこのカフェの店員なんですけど……き、昨日は同僚が失礼な対応をしたみたいで、申し訳ございませんでした！」

まさかの相手からの、まさかの謝罪に、困惑した美波は口をパクパクさせる。

「あ、えっとですね、昨日あなたが店に来た時、盲導犬をペットと勘違いして追い返しちゃったって話を聞いて、その……お詫びに何でも無料でお出ししますんで、店に来ていただけませんか？」

「あ、あの、でも……犬を嫌がるお客さんとか、いるかも、ですし……」

願ってもないお誘いに、美波は思わずうろたえて後ずさってしまったが――。

「もしいても、俺がきちんと説明しますから！　それに俺！　あなたがまた店に来てくれるの、ずっと待っていたんです！　だから、お願いします！」

「……待っていた？　私を？」

「はい、今年始めくらいまで、よく店に来てくれてましたよね？　駅前の事故の時も俺、仕事してて、あなたが巻き込まれたのも店の窓から見えたから……ずっと心配してたんです。だから、昨日また店に来てくれたって同僚から聞いて嬉しくて。でも、新人店員が間違って追い返しちゃったって知って、いてもたってもいられなくなって……って、なんか急にすみません、こんなこと言われても困りますよね……」

まさか想いを寄せていた相手に覚えられていただけでなく、店に来るのを待っていたと言われるとは思わず、美波は胸がいっぱいになる。この半年間、苦しいことがあっても頑張れたのは、カフェに行きたい、彼にもう一度会いたいという想いのおかげだ。こうしてその願いが叶ったのだから、自分も勇気を出して打ち明けねば――美波はまとめきれない感情をなんとか言葉にしようと口を開いた。

「あ……あの、ダイさん、ですよね？」

「え？　なんで俺の呼び名、知って……」

「昔……ウチで飼っていた犬の愛称が『ダイ』だったんです。それで、店でいつもそう呼ばれている人がいるなって、ずっと前から気になってて……」

「犬の呼び名と一緒⁉」

「すっ、すみません、犬と同じとか嫌ですよね」

慌てて謝った美波だったが、青年は気を悪くした様子もなく、突然笑い出した。

「全然気にしないですよ！　むしろ、俺のこと覚えていてくれたとか、めちゃくちゃ嬉しいです。それじゃあ、あの、調子に乗って、俺のお願いごとを一つ聞いてもらってもいいですか？」

「お願いごと、ですか？」

「はい。俺と『友達』になってほしいんです。あ、できればその……そっちの相棒の子とも仲良くなりたいなって思ってるんですけど……だめですか？」

彼の人柄が伝わってくるような真剣なお願いに、美波は驚きや嬉しさ、様々な感情の混ざった涙を溢れさせた。

「こちらこそ、よろしく、お願いします……！」

「よっしゃあ！」

嬉しそうな声を上げた彼と美波の足元で、メロディが仕事中にしてはめずらしくクゥンと鳴く。それはまるで「ほら、早く店に行こうよ」と言っているかのように。

そうして二人と一頭で入ったカフェの店内には、明るい未来を予感させる旋律《メロディ》が流れているのだった――。

君がくれたひだまり

石田空

「……やめときゃよかった」

今日は休日。晴天でうきうきの昼下がりも、賑わった大通りも、今の私からすると、ただ人酔いする場所に過ぎなかった。

就職して上京し、あっという間に二年が経過していた。毎日毎日タスクが詰め込まれ、残業を断ることもできず、少し、また少しと疲労が蓄積し、最近は休日を全て睡眠に充てることが増えていた。

さすがにこのままじゃいけないと気付いたのは、持っている服が毛玉だらけになっているのを見つけたとき。思い立って服を買いに出かけたのがまずかった。

もう二年ほど、会社と家の往復、ときどき食料品を買いにスーパーの閉店セールへ行くという生活を繰り返していたため、人混みに極端に弱くなってしまっていた。学生時代はバーゲンで人波をかき分けていたはずなのに。

もう諦めて家に帰ろうと思ったけれど、疲れ過ぎて、家まで帰る気力すら失われていた。さすがにこれじゃ駄目だろう。少し休んで元気が出たら、家に帰ろう。

どこか休憩できるところはないかと目を走らせたけれど。休日のせいで、どの店も混雑していて、並んでいる間にくたびれてしまいそうだった。

本当に、せめてもうちょっと元気のある日に来たらよかったと、後悔をしていた矢先。一軒だけあまり人の出入りがない店が目に留まった。

「……『猫喫茶レモンの木』」

茶色い猫がレモンの木の下で丸まっている絵が描かれた看板が、ドアにぶら下がっている。

猫喫茶の存在は知っていたけれど、行ったことは一度もない。

この二年ちっとも帰れてない実家の猫を思い出した。お母さんに懐いていて、私が上京するときも尻尾を振って見送っていた猫。もし実家に帰ったとき、どちら様ですかという態度をされたら少し悲しい。

そんなことを思いながら、私は吸い寄せられるようにその店のドアに手を伸ばした。

「いらっしゃいませ。当店は初めてでしょうか？」

そう声をかけられ、私は肩を竦ませる。

この二年、会社の人以外と、まともにしゃべってなかったのがよろしくなかった。

「はい……ええっと、ここは猫喫茶と書かれてましたけど……」

答える声が、どうしても小さくなる。

店内を見る限り、日当たりのいいカウンターがひとつに、四人席が三つと、小さめな普通の喫茶店のようだ。猫の姿は見えない。

店員さんはにこやかに言った。

「はい、こちらは猫に与えてはいけない飲食物をお召し上がりいただくスペースになっております。猫と遊ぶ場合は、上の階へどうぞ」

そう言って階段を指差した。私はその指先を見上げる。階段の上には扉があり、猫が人間の食べ物を食べないようにドアで区切っているようだった。

ひとまず私は「上で猫と遊ぶ場合は、どうしたらいいんでしょうか？」と尋ねる。

「はい、ここで猫のお菓子やおもちゃをご購入の上、二階に上がってください。初めてでしたら、私がご案内しましょうか？」

「あ、はい……お願いします」

店員さんは私のペースに合わせて、案内してくれた。私は猫と遊ぶために、猫じゃらしを購入してから、店員さんに続いて上の階へと向かった。

扉を開けると、まず目に入ったのはキャットタワーだった。そこから、黒い艶やかな毛並みの猫が、金色の瞳でこちらを見下ろしていた。

「あの子は、リモーネです。あそこの壁に貼られている写真の子と遊べますから、好みの子を探してみてください」

「は、はい。ありがとうございます」

「どの子も人懐っこい子ですから、どうぞ楽しんでください」

店員さんにそう言われ、私は猫の写真を見てから、猫じゃらしを振ってみると、早速リモーネが目で猫じゃらしを追いかけはじめた。やがて、キャットタワーから飛び降りて、一生懸命猫じゃらしで遊びはじめた。

この子、本当に人に馴れているなあと感心した。警戒心が強い子は、いくら猫じゃらしを振ってみたところで、なかなか遊びの誘いには乗ってくれない。

お母さんの膝の上がお気に入りの実家の猫のことを思い出し、少しだけ懐かしくなった。お母さんから「次いつ帰れる？」とメールが来ても、仕事が忙し過ぎて全然帰れていない。

だんだん遊びがエキサイトしたところで、他の猫たちもこちらを見てきた。今はちょうどお客さんがいない時間だったらしく、遊び相手が欲しかったんだろう。こちらのほうに、少しずつ猫が寄ってきた。

「遊ぼっか」

そう言って、猫じゃらしを大きく振ったら、猫たちがぱっと走ってきた。

黒い子に、白い子。洋猫に、和猫。種類はてんでばらばらだけれど、猫じゃらしを追いかけて遊ぶ様は似ている。元気に遊び回って疲れた子は、猫じゃらしから離れて、部屋に置いてある籠の中で丸まったり、私の足元に寄ってきたりした。私は猫じゃらしを動かしていた手を止めると、足元に擦り寄ってきた子を抱き上げた。

「ニッ」

でっぷりと太った子はどうも雑種らしく、ふてぶてしい顔をしてこちらを見上げてきた。

写真の下に貼られている名前を見ると、かぼすという名前の、店の看板猫らしい。看板に書かれていた茶色い毛並みの猫はこの子なのかもしれない。

かぼすを膝の上に乗せて撫でていたら、だんだん実家の猫を思い出してきた。その子も気まぐれだったし、せっかくおもちゃを買ってきても遊んでくれなかったり、今まで好きで食べていたご飯に飽きたような顔をして急に食べなくなったり、大学のレポートを書くためにパソコンを使っていたら、遊べとばかりにキーボードの上に乗って保存前のデータを台無しにしたり。

まさか猫喫茶の猫と遊んでいて、実家の猫が懐かしくなり鼻の奥がツンとなるなんて思いもしなかった。

さんざん遊んでから、最後に私は猫のお菓子を買いに一階に戻り、猫にあげた。

猫たちが嬉しそうに鳴き声を上げて食べてくれたのを見て、私は思わず笑う。

私が一階に下りていくと先ほどの店員さんは、少しだけ驚いた顔をしていた。

「前に猫を飼われていたことがありますか？　かぼす、新しく来たお客さんにはなかなか懐かないんですが」

「あー、あの太めの猫ちゃんですよね。なんか、うちの実家の猫に似てたんですよ。この二年、実家に帰りそびれて、ちっとも会えてないんですけど」

「なるほど。上の子たち、今でこそ人懐っこいんですけど、ときどき極端に人見知りすることがあります。今日は楽しく遊べたみたいでよかったです」

なるほど、と思う。猫には猫のテリトリーがあるから、そこに土足で踏み込んできた人間に警戒心を露わにすることがある。ここの子たちは暢気だけれど、そういうところがあるのかもしれないな。

「あの子たち、元々は地域猫だったんです。最近は住環境の関係で猫を飼いたくとも飼えない人たちもいますから、うちの店が地域猫の保護活動をして、そういう人たちに喜んでもらえればと、そう思ってるんですよ」

「そうなんですね……」

そういえば、実家の猫も、元々はうちで保護した猫だった。この店の子たちが私と遊んでくれたのは、そこにシンパシーを感じたからかもしれない。

「本当に、久しぶりに猫をかまえて嬉しかったです。また、遊びに来てもいいですか？」

「どうぞどうぞ。あの子たちも待っていますから」

店員さんにそう言われ、私は気持ちよく家路についた。

それから、私は気が向いたら猫喫茶に足を運ぶようになり、大家さんに電話をして、うちのアパートで猫を飼っても大丈夫かどうかの確認をした。実家の猫に会いたいけれど、相変わらず予定が空かなくって帰れないから、せめてうちで飼えないかと思ったからだ。

大家さんは「いいですよ」とあっさりと許可をくれた。

「ちゃんと最初から最後まで面倒が見られるんだったら、うちはペット禁止にはしていませんよ。私も猫飼ってますから」

そう言ってくれた大家さんが頼もしい。

でも、近所にはペットショップはないし、猫の保護活動をしている店員さんに、話を聞いてみてもいいかもしれないな。

私はそう思いながら、部屋を前以上に掃除するようになった。もし猫と暮らしはじめたら、ちょっとした隙間にも入ってしまうからと、部屋の隅っこに段ボールを敷き詰めて、悪戯できないよう工夫をする。

そしてやってきた次の休みの日、保護猫について相談しようと猫喫茶を訪れると、店員さんが店の扉にポスターを貼っていた。

「あれ、どうかなさったんですか？」

「ああ、こんにちは、ちょっと問題がありましてねえ……」

店員さんが貼っていたポスターを見る。


【里親募集】


店の二階に上がったら、キャットタワーの近くに、普段は見かけない猫用のキャリーが置いてあった。

「うちが元々保護活動していた関係か、たまにいるんですよ。飼いきれない子猫を店先に捨てていく人が……」

「そんな」

猫喫茶やペットショップ、動物病院で、たまにそういうことがあるらしいけれど。まさか行きつけの店で目にするとは思わなかった。

キャリーの中を覗くと、真っ白い小さな猫が丸くなって眠っているのが見えた。

「今朝、急いで病院で診てもらいましたが、健康そのものでした」

「可愛いですね……」

「ええ。子猫はやんちゃが過ぎて、目を離すと危ないことをしたがるんですけど、この子は大人しいんですよね。いい里親が見つかるといいんですが」

「あの……うちで引き取ってもいいですか？」

「……幸原《ゆきはら》さんが、ですか？　そりゃうちは助かりますが」

私は頷いた。

「実は今日は保護猫を飼いたいって相談しにきたんです。アパートの大家さんにはもう猫を飼う許可は取りましたから、問題ありません」

「そうですか、これもご縁ですね。予防接種は済ませましたから、大事にしてくださいね」

店員さんにキャリーを差し出され、私は頷いた。白い猫は、綺麗な青い瞳でこちらを見上げ、鼻にかかった声で「にゃーん」と鳴いた。実家の猫も、保護したときはこれくらいだったなと、なんとなく思い出した。

私は猫のエサを買って店員さんから店の子たちにあげてくれるよう伝えたあと、帰りにペット同伴可能のホームセンターで猫を飼うための道具一式を買って、家路につく。

子猫と一緒に帰りながら、名前を考える。『猫喫茶レモンの木』の子たちは、全員柑橘類にちなんだ名前が付いていた。看板猫はかぼすだし、美人さんはリモーネだった。この子もそれにならおうかな。

「にゃーん」

キャリーの中で、子猫が鳴いた。

「シトロン。シトロンにしよっか」

「にっ」

名前を呼んだら、返事をしてくれた。

そっか、それがいいのか。私は久しぶりに軽い足取りで家に帰った。


シトロンが来てから生活は見違えた。

「シトローン。おやつの時間だよー、シーちゃーん、シトローン」

子猫は好奇心旺盛。シトロンは比較的大人しいとはいえど子猫は子猫だ。すぐにかくれんぼしてしまうから、猫じゃらしや猫のお菓子を持って部屋の中を捜し回ることがしょっちゅうだ。白い尻尾が棚の裏からピンと伸びているのを見つけて、私はため息をついた。

「こらっ、シトロン!」

「にぃ」

毎日大変だけれど、首筋をくすぐると嬉しそうにごろごろと喉を鳴らす姿を見ていると、その日一日の苦労が報われたような気がした。

シトロンがやんちゃをするから、どうしても早く家に帰りたくって、仕事を片付けるのが前より上手くなったような気がする。そのおかげか、実家に帰れる時間がつくれてしまった。

「お母さん、もしもし？　私、来週帰れそうなんだけれど、大丈夫？」

久しぶりに電話したら、お母さんは嬉しそうに声を弾ませていた。

『あら、ずっと忙しかったのに？　うちは全然大丈夫だけど。あの子も会いたがってるけど』

「私のこと忘れてない？」

『忘れてない忘れてない。でもそっちから猫の声聞こえない？　新しく飼ったの？』

「あー……保護猫。行きつけの猫喫茶さんが困っていたから、引き取ってきたの。この子を連れて帰っても、喧嘩しないかなあ？」

『それは大丈夫じゃない？　待ってるからね』

お母さんとまともにしゃべれるのも久しぶりだ。来週の帰る日程を決めてから、電話を切った。本当に二年ぶりの故郷だ。

私の膝の上では、シトロンが丸まってくーくーと寝息を立てている。私はシトロンの真っ白な頭を撫でた。

上京してから、いろんなことを仕方ないって諦めてきたけれど、案外なんとかなると教えてくれたのは、この子だ。

「今度、うちに一緒に行こっか。先住猫がいるけど、あの子もうおじいちゃんだから大人しいからね。仲良くしてね」

シトロンはひくひくとヒゲを動かした。

この子のおかげで、私はこれからも頑張って生きていけそうだ。

僕の死なない犬
水城正太郎

私の犬が死んだ。

白くて、金色で、ふわふわで、元気だった。

耳が大きくて、足が短いコーギーで、おもちゃでよく遊んだ。

モーリスがいたとき、私はいつでも幸せだった。

息子のダイゴが生まれた嬉しいときも、あの人と別れて母子家庭になってしまった悲しいときも、いつもそばにいてくれた。

でも、それもあの日に終わった。モーリスがケージの中で冷たくなっていたのを見て、私はどうしていいかわからなくなって、泣き崩れてしまった。

お葬式をして送り出したのに、掃除をしていても、食事をしていても、いつの間にか涙があふれてくる。

私が死んだら、モーリスと会えるのだろうか？

そんなことばかり考えるようになって、自分でも危ういと思ってしまうほどだった。

忘れなければ。

悲しいことは忘れてしまうべきだ。私はずっとそうしてきた。

幸い、もうすぐダイゴが小学校に入学する。これまでの仕事に加えて、学校の準備と新たなご近所付き合いがある。忙しさの中で悲しみもまぎれるだろう。

ただ私はひとつ見落としていた。

ダイゴの悲しみも私と同じかそれ以上のものだったのだ。

「モーリスは帰ってくるよね？」

ダイゴは何度も私にそう繰り返すようになった。

私はその言葉を聞くのがつらかった。一日も早くモーリスのことを忘れなくてはいけないのに。

「もう帰ってこないの！」

ある時、私はそう強く言ってしまったことがあった。

言ってから後悔したけれど、もう遅かった。

「モーリスはもう帰ってこない！」

ダイゴは泣き出し、私は何も言えなくなった。

どうしたらいいのかわからなくなってしまい、私もただただ泣いた。

時間が解決してくれることを信じるしかなかった。ダイゴがもう少し大きくなれば、死ぬということの意味をわかるようになってくれるはずだし、悲しいことは忘れてしまうのがいいってこともわかってくれるようになるだろう。

やがて私にもダイゴにも期待していた忙しさがやってきて、モーリスのことを話さなくなった。ダイゴが学校に通いはじめたのだ。新しい環境に新しい友だち。覚えることもたくさんある。

以前のようないつも通りの生活。そう呼べるものがやってきた。

でも、それも長くは続かなかった。

「とくべつな犬は死なないんじゃないかな」

あるとき、ダイゴは不意に私にそう言った。

何をいっているのかわからず、私は聞きかえした。

「どういうこと？」

「本に書いてあった。生まれ変わりっていうのがあるって。とくべつな犬は生まれ変わるって。秘密の場所に帰ってくるって」

ダイゴは、まるで世界のものすごい秘密を知ってしまったとでもいうように慎重に言葉を選んでいた。

私は夕食の支度中だったので、ダイゴの真剣さに気づかなかった。怪談や都市伝説が書いてあるような本でも読んだのだろうと思った。

「それはおはなしだけのこと。そんなことは実際にはないの」

「本に書いてあることなのに？」

「本には嘘だって書いてあるものよ」

「でも、変なんだよ。本当のことだよ。だって、その秘密の場所って、ウチのすぐ近くなんだよ」

ダイゴは心の底から不思議そうに言った。

何を言っているのか、私にはわからなかった。

それから、ダイゴが学校から帰るのが少しだけ遅くなった。休日も何かと理由をつけて外に出るようになった。私が何をしているか尋ねても、ダイゴは、なんでもない、としか答えなかった。

事件は数日後に起きた。

「おかあさん！　モーリスが帰ってきた！」

学校から帰ってきたダイゴが犬を抱いていた。

そのコーギーを見て、私は驚いた。

モーリス。

息が詰まった。

それほどまでに似ていた。似ていたと思えたのは、モーリスが死んだと知っていたからで、そうでなければ本物のモーリスだと思っただろう。

切なさが押し寄せてきた。

でも、その後に不安になった。

死者が本当に帰ってきたという怖さも一瞬あったけれど、ダイゴがどこから犬を盗んできてしまったのではないかという心配が勝った。

「そ……その犬、どうしたの！」

動転して大声を出してしまった。

ダイゴは私がそんな反応をするとは思っていなかったようで、プレゼントの受け取りを拒否されたときのような顔をした。

「モーリスが帰ってきたんだよ……モーリスだよ……」

抱えられておとなしくしていたコーギー犬は不思議そうな顔で私とダイゴを交互に見ていた。

私は胸に手を当ててなんとか呼吸を落ち着かせた。

よく見ると歯並びが少し違う。目元も。

やっぱり、この子は誰かが飼っていたコーギーだ。首輪はしていないけれど毛並みが整えられているし、人間にも馴れている。

「最初から説明して。どういうことなの？」

ダイゴは怒られていると思ったのか表情を硬くした。泣きそうになっていた。

「怒ってるんじゃないの。何の本を読んだの？」

「……僕の死なない犬」

ダイゴは『僕の死なない犬』という図書室から借りてきた児童書をランドセルから出してきた。寿命がきたり危ない目にあっても復活する魔法の犬の話だと裏表紙に書いてあるあらすじからわかった。

表紙にはコーギー犬のイラストが描かれている。

この本のおとぎ話をダイゴは信じたのだろう。

「こんなことあるわけないってわかるでしょう？」

私が思わず口にすると、ダイゴは本を奪い取るようにしてページをめくりはじめた。何度も読み返したのか、そのページはすぐに開いた。

見せられたのはなんの変哲もない空き地の挿絵だ。

ただ、その空き地には見覚えがあった。我が家は鎌倉市を走っているモノレールの架線近くで、そこかしこに空中のレールを支えている柱の下の空き地がある。挿絵の風景は確かに近所の空き地のひとつだ。

前後の本文を読んでみると、その空き地が秘密の場所で、ここに死んでから魔法の力を得た犬が帰ってくるのだということが書かれていた。

本を読んでからダイゴは毎日そこに通ったのだという。そして今日モーリスがそこにいたのだと。

どうやら偶然が重なってこうなったらしい。やはりダイゴは誰かの犬を連れてきてしまったのだ。

「この子はモーリスじゃないの。本当の飼い主を探してあげないと」

「でも、あの場所にひとりでいたんだ」

ダイゴは納得していない様子だったが、この犬がモーリスだと信じきることもできなかったようだ。自分に言い聞かせるように繰り返した。

「あの場所にひとりでいたんだ」

「この子はモーリスじゃない」

私も繰り返した。そうしたら、どういうわけか泣きたくなった。でも、泣いたらダイゴが不安になるだろう。

私はその場を離れ、スマートフォンを充電している棚に向かった。

ネット上に地域の人が情報を共有する掲示板があったはずだ。この近くの犬好きが集まるところもあるはずで、そこには迷子犬の投稿もあるに違いない。いくつかの掲示板を検索して探していく。

「モーリス、お手」

ダイゴの声が聞こえてきた。

コーギーは前足をダイゴが差し出した手にのせた。

ダイゴが目を輝かせる。でも、人に馴れた犬なら誰にでもそうするだろう。

「モーリス、おもちゃ鳴らして」

ダイゴがまだとっておいたモーリスのおもちゃを投げる。

コーギーはおもちゃに向かって走ったけれど、モーリスがしたように音を鳴らす遊びはしなかった。ただそれをがしがしとかじっていた。

「モーリス、首輪だよ」

ダイゴが首輪をつけようとすると、コーギーは身をよじって抵抗した。

この子がモーリスじゃないという現実を認めまいと、ダイゴは首輪を何度もカチャカチャとさせたが、コーギーは首輪の音に喜ぶことはなかった。モーリスなら、これから散歩に行くサインだと喜んだはずなのに。

だんだんとダイゴの動きが鈍くなった。

「この子は、モーリスじゃ、ない……」

泣き声で言った。

それからほどなくして掲示板で本当の飼い主が見つかった。

私は連絡をとった。浅見《あさみ》さんという方だった。

すぐに家を訪ねてきた浅見さんを見て、私は少しホッとした。私と同じくらいの年齢の男性で、予期せぬ出来事があっても優しく笑っていそうな、ひょうひょうとした雰囲気のある人だったからだ。

「ハーネス抜けの名人なんですよ、こいつは」

平謝りする私に浅見さんは笑って言った。

それなのにダイゴはまだ未練のある様子でコーギーを抱いていた。浅見さんに引き渡すときも、こんなことを質問したくらいだ。

「この犬はとくべつな犬なんですか？　死なない魔法の犬なんですか？」

浅見さんは不思議そうな顔をした。

私は事情を説明する羽目になった。モーリスが死んだこと。『僕の死なない犬』という児童書を読んでダイゴが空き地に通ったこと。そしてこの犬がモーリスに似ていること。

すごく話しにくいことだったけれど、どういうわけか素直に言葉が出てきた。

恥ずかしいことだとわかっていたけれど、モーリスの話をするとき、少し涙が出てきた。ダイゴはまた声をあげて泣いた。

「す、すいません、悪いことを聞いたみたいで」

浅見さんはひどく恐縮していた。

「いいえ。私が勝手に話したことなので。こちらこそすいません、お恥ずかしいところをお見せして」

「大丈夫ですよ。それより、また今度お訪ねしてよろしいでしょうか？　ダイゴくんが悲しんでいるようなので……」

「あ、はい。それは是非に」

連絡先を交換して浅見さんはコーギーを抱いて帰っていった。

私は浅見さんとコーギーを見送って、残されたダイゴに向き合った。でも、何を言っていいのかわからなかった。

大好きな犬が死ぬことにどう向き合うか。モーリスのことを忘れてしまうことで、処理しようとしていた私が間違っていたのだろう。

それでも私はそれ以外の方法を知らなかった。

何も手につかぬまま数日が過ぎた。

そして、再び浅見さんがやってきた。私は遠慮したのだけれど、菓子折りを持ってきていた。特にダイゴと話したいと希望しての来訪だったのだが、その理由はダイゴへの第一声でわかった。

「実は『僕の死なない犬』を書いた作家は、僕なんだ。僕は小説家で、近所の散歩コースだった場所のことを小説に書いてしまった。もしこんなことがあったら楽しいだろうな、って気持ちで、死なない犬のことを書いたんだけど、間違いだったと君の話を聞いて思った。僕は謝らなくちゃいけない。ごめんね」

ダイゴは驚いてぽかんとしていた。私も同じ顔をしていただろう。

浅見さんは優しく笑って言った。

「大事な犬が死ぬことは悲しいけど、悲しいのはその子の命が貴重な一回きりのものだからだよね。僕の犬が君のモーリスと性格が違うことにはすぐに気づいたと思う。みんな違う生き方をしていて、外見が似ていても全然違う。そんなふうに生きている間の楽しいことは、みんなそれぞれ違うんだ。だからこそ一回かぎりの命が貴重だし、死んだら悲しいんだ。僕もやっとそう気づいた」

「みんな違う犬……」

ダイゴは考え込むような顔になった。

「みんな違う犬だからこそ、死んだ子のことは忘れちゃいけないんだ。今は悲しいだろうけど、思い出はその子と君だけのものだから、ずっと覚えておかないとね」

浅見さんは自分自身に納得させるかのように言ったのだけれど、私は、自分に語りかけられたかのように、はっ、とした。

浅見さんは私の方を振り返った。

「よろしければ、コーギーの子犬をダイゴくんにプレンゼントさせてください。知り合いがブリーダーで、もうすぐ新しい子が生まれるんです。僕の罪滅ぼしじゃないけど、ダイゴくんにはもう一度、犬の命の最初から最期までを見てもらいたいんです。そうすれば、よりモーリスのことが思い出せるようになって、その思い出が貴重になるし、新しい子との経験が悲しみを忘れさせてくれる」

何かが私の中で大きく変わりはじめたのを確かに感じた。

そして私の家に新しい命がやってきた。

ムクドリ∞インフィニティ
貴船弘海

陽菜《ひな》は幼稚園の頃からメガネをかけていた。シルバーフレームの丸型。それは子どもがかけるにしては少し大きすぎるサイズで、当時の彼女のあだ名は『オニヤンマ』だった。

彼女はよくいじわるなヤツにそのメガネをからかわれ、泣かされていた。

当時から陽菜が好きだったボクは、そいつに注意し、からかうのをやめさせたのだが、そうしたからといって彼女のメガネが小さくなるわけではなかった。

陽菜のメガネはデカかった。本当に、最後まで、デカかった。

あだ名は『オニヤンマ』だったが、陽菜が好きなのはトンボではなかった。

陽菜が好きなのは、鳥だった。

小学校にあがると、陽菜は親から買ってもらった野鳥図鑑をいつも持ち歩くようになった。

「鳥って可愛いよね！」

それが彼女の口癖だったが、そのわりに彼女の大好物は鶏の唐揚げだった。

陽菜はよく学校の帰り道に、ボクに鳥の話をしてくれた。

あれは○○っていう鳥で、こういう習性があって、鳴き声はこんな感じなの。

鳥の話をする時の陽菜は、本当に楽しそうだった。

だがその頃の陽菜には、ある一つの深刻な悩みがあった。

「ねぇ、翔《しょう》くん。私ね、鳥と仲良くなりたいんだけど……鳥は私が近づくと、みんなどっかに逃げちゃうんだ。あれ、どうしてなんだろ？」

「さぁ、なんでだろうな」

ボクはその時そう答えたのだが、それについての解答はすでにボクの中にあった。鳥たちは……おそらく陽菜のメガネを嫌っているのだ。理由はよくわからない。だが鳥は、太陽光を反射するものを避ける傾向があった。害鳥除けのCDがそれだ。陽菜のメガネはいつだって、太陽の光を受けてキラキラと輝いていた。でもボクは彼女が傷つくといけないから、ずっとそれを言えなかった。

そしてそんな陽菜にも、ある日、夢のような瞬間が訪れた。

それはボクたちの学年が、遠足で群来湖《くきこ》に行った時のことだ。

群来湖の周囲にはたくさんの野鳥が住んでいる森があって、陽菜にとっては宝の山のような場所だった。

自由行動の時間、ボクは陽菜と鳥の写真を撮る約束をしていたので、彼女の姿を探した。だけどいくら探しても、彼女はどこにも見当たらなかった。

陽菜はどこに行ったんだ？

ボクはそばにあった小さな岩によじ登り、そこから彼女を見つけようとした。するとその真下、湖のほとりに——陽菜が立っているのが見えた。

ボクはようやく陽菜の姿を見つけて笑顔を浮かべたが、彼女の足元に広がるその光景を見て、「え……」と息を止めた。

陽菜の足元に……ありえないほどの数の鳥たちがうごめいていたのだ。

「ムクドリだよ」

ボクに気づいた陽菜が、囁くようにそう言った。ボクは手招きする彼女に従って、岩を下り、隣に並ぶ。

「何なんだよ、これは……なんでこんなに、うじゃうじゃと……」

「うーん。なんでだろうね？　たぶん、あれだよ。私のことが好きなんだよ、この子たち」

「好きなんだよ、って……いくらなんでも好きすぎるだろ、これは……」

「ムクドリは集団で行動するからね。ひとりが私のとこに来て、みんながそれについてきちゃったんだ」

陽菜は胸の前で両の手を合わせ、幸せな微笑みを浮かべていた。ボクはそれに肩をすくめ、彼女に疑問を投げかけてみる。

「でも不思議だな。たしか陽菜の話じゃ、ムクドリは縄張り意識が強くて、警戒心のカタマリみたいな鳥じゃなかったか？」

「だよね。でもどうしてかなぁ？　私、いつも通りメガネをかけてるんだけどなぁ……」

「え？」

ボクがビックリして陽菜を見つめると、彼女は静かに小首をかしげた。

「そりゃあ私だって気づいてたよ。鳥たちはたぶん、私のこのメガネが嫌いなんだ」

「気づいてたんなら、なんでメガネを変えないんだよ？　陽菜の大好きな鳥にもっと近づけるかもしれないのに……」

ボクが言うと、陽菜が突然メガネをはずし、群来湖の上に広がる青空にそれをかざした。陽菜の頬が、ボクの頬に並ぶ。

「ねぇ、見て、翔くん。このメガネ、丸が二つ並んでいるように見えない？」

陽菜のその言葉に、ボクは空にかざされた彼女のメガネを見つめる。

∞

「うん……まぁ、ブリッジを無視すれば見える、かな……丸が二つだ……」

「こないだ塾で教わったんだけど、丸が二つ並ぶと、『無限大』っていう記号になるんだって」

「ムゲンダイ……」

「そう。無限大。つまり、限りがないってこと。私、こないだ塾でそれを教わってから、このメガネのことがすごく好きになったんだ」

「いや、ちょっと意味がよくわかんないんだけど……それ、どういうこと？」

「ん？　わかんない？　限りがないってことは、永遠ってことだよ？　永遠って、なんか良くない？」

「永遠……」

「そう！　限りなく、ずっとずっと続いて、絶対に終わらない！　それはつまり永遠！　ねぇ、そんな永遠のメガネを使ってこの世界を見れるなんて、なんだかとっても素敵じゃない？」

正直、陽菜の話はボクには難しすぎて、彼女が一体何を言っているのか、さっぱりわからなかった。そしてその時、少し興奮気味に喋った陽菜の声に驚き、ムクドリたちが一斉にその場から飛び立ちはじめる。一羽が飛ぶと、他のものたちも次々と続いていった。

「しまった！」

陽菜があわてて口に手を当てたが、もはや手遅れだった。ボクたちは地面から吹き上がる風のような鳥たちに包まれ、空の彼方へ消えていく彼らの姿を呆然と見送るしかない。それがボクと陽菜の大切な想い出のひとつになるとは、その時のボクたちはまったく気づいていなかった。

そして時は流れ——ボクたちは高校生になっていた。

陽菜は相変わらず丸型のメガネをかけていたが、それは普通のサイズで、少しだけオシャレなものになっていた。

成長した陽菜は、メガネをはずすと結構な美人だった。しかし彼女は相変わらずおとなしい性格だったので、女子の中でもそれほど目立つ存在ではなかった。だが一部の男子たちは陽菜のその美しさに気づいていて、何人かが彼女にコクったが、見事全員がフラれていた。

ボクと陽菜は、どこにでもある人生のひとつの季節をともに過ごしていた。

そしてそんなある日——体育館での朝礼の際、陽菜が突然倒れた。

陽菜の病気については、ボクはいまだに何も知らない。彼女が倒れてから数日後、見舞いの帰りに陽菜の両親に呼び止められ、「翔くん、あのコと最後まで仲良くしてあげてね」と涙ながらに頼まれた時、ボクはすべてを察した。

陽菜はたぶん……もうそんなに長くは生きられないのだ……。

「翔くん、私、群来湖に行きたい……」

長引く入院生活の中、ボクがベッドの隣でリンゴをむいてやっていると、陽菜が突然そんなことを言い出した。

「行って、どうするんだよ？」

「ムクドリたちに会う」

「会って、どうするんだ？」

「会ってどうするとか、そういうのはべつにないよ。ただ、会いたい」

「そっか。だったら体力つけなきゃな」

ボクはそう言って陽菜にリンゴを手渡したが、陽菜はその時、すでにあまり食べ物を受けつけなくなっていた。

それでも……ボクは陽菜の前では常に明るく振るまっていた。もはやあまり残されていないであろう二人の時間を、なんとか明るく過ごそうと思っていた。

結局のところ、真の幸せというものは「なんか面白いことないかなぁ？」と退屈している場所にしか存在しない。そしてボクたちはいつだって、そんな幸せを見落としながら生きている。陽菜の病気によって、ボクはそれを学んだ。

そしてそれからほんの少しの時間が流れ——ある日突然、陽菜は亡くなった。あまりにもあっけない別れ方だった。

陽菜がこの世界から立ち去ると、ボクの周りの空気は一気に薄くなった。ごはんは味を失い、誰かの言葉は意味を成さなくなった。

たぶん陽菜は、∞の二つの○のうち、一個を頭の上に載せて、空の向こうへ飛んで行ったのだ。一人残されたボクという一つの○は、この世界で孤独になるしかなかった。陽菜は間違っていた。永遠なんか、どこにもない。

陽菜が亡くなり、空虚な日々が続いた、ある放課後のことだった。

学校の帰り道、気まぐれに立ち寄った本屋で、ボクは例の野鳥図鑑を発見した。小学生の頃の陽菜が持ち歩いていた、あの本とまったく同じものだった。

「陽菜……」

その本を手にした時、ボクはそれまで自分の中に抑え込んでいた感情が、一気に噴き出してくるのを感じた。レジでお金を支払い、そのまま自転車に乗って群来湖へと向かう。

陽菜が最後に行きたがっていた場所。そして結局、連れていってあげられなかった場所。

群来湖に到着すると、ボクはあの、二人の想い出の小さな岩に向かった。そこに座り、買ってきた野鳥図鑑を開く。

本には……かつて陽菜が見た世界が広がっていた。陽菜が大事にしていた『何か』が残っていた。ページをめくりながら、ボクはやはり涙が止まらなかった。

ここは……陽菜がいないボクの人生だった。陽菜は消えた。まるで運命という悲しくて強い光を浴び、この世界から蒸発してしまったかのように。

陽菜……。

ボクは野鳥図鑑を抱きしめ、あの日、ムクドリたちに囲まれたボクたちの幸せな時間を思い出す。

陽菜……キミがいなくなった世界で、ボクは一体これからどうすればいい？

キミがいない世界なんて、ボクにはもう何の意味もないよ……。

そんな世界で生き続けるくらいなら、もう、いっそ、ボクだって……。

――その時だった。

『鳥って可愛いよね！』

どこからか、陽菜の声が聞こえたような気がした。ボクはそれにハッと顔をあげ、周囲を見回す。だが当たり前のことだが、陽菜の姿はどこにも見当たらなかった。

そして湖の彼方から――風に揺れる稲穂が触れ合うような、サラサラとした音が聞こえてくる。そちらの方向に首をめぐらせると、群来湖のわずかに波打つ湖面の上に、点描のような無数の黒いものが見えた。

あれは……何だ？　動いてる……揺れてる……。

湖の上空に突然現れたそれは、風に泳ぐ布のようにたなびき、宙に奇妙な模様を描いていく。ボクはあまりにも非現実的なその光景にただ呆然とするしかなかった。乾いた音が湖全体に響きわたり、その奥からかすかに鳥たちの鳴き声が聞こえてくる。

何だ？　何が起こっている？

これは……ムクドリ？　ムクドリの……鳴き声？

ボクはいつだったか陽菜に聞かされた話を思い出し、野鳥図鑑をあわててめくった。そしてムクドリについてのページを開き、それを確認する。

そうだ！　これはマーマレーションだ！

マーマレーション――数百羽、数千羽、数万羽のムクドリたちが何故か急に集まり、群れとなって、空に奇妙な図形《パターン》を描きながら旋回する不思議な現象。それがたった今、ここで、この群来湖で、突然展開されている。

ボクはその場を立ち上がり、ムクドリたちが描くダンスの雲を呆然と見つめた。その時、ボクの頭の中で、再び陽菜の声が響いてくる。

『ムクドリは集団で行動するからね。ひとりが私のとこに来て、みんながそれについてきちゃったんだ』

「陽菜！」

ボクは岩から飛び下り、空いっぱいに描かれていくムクドリたちの絵を追った。やがて空を埋め尽くしたムクドリたちの芸術が、その巨大な羽音とともにボクの頭上に懐かしい記号を描く。

∞

『そう！　限りなく、ずっとずっと続いて、絶対に終わらない！　それはつまり永遠！　ねぇ、そんな永遠のメガネを使ってこの世界を見れるなんて、なんだかとっても素敵じゃない？』

ムクドリたちはまるで陽菜にお願いされたかのように、ボクの頭上に∞の記号を描き続ける。ボクは必死になって、ムクドリたちを追った。なんとか追いついて、陽菜の体を抱きしめようとするかのように。

「陽菜！　陽菜！　陽菜！」

そしてボクがついに何かに躓《つまず》き、その場に転ぶと、ムクドリたちの∞が二つの〇に分かれ、やがて遠くへと飛び去っていった。それはまるでボクの人生と陽菜の人生の円環が、二つの道に分かれていくかのようだった。

ムクドリたちが立ち去り、群来湖に静けさが戻る頃、ボクはゆっくりとその場を立ち上がった。野鳥図鑑を手に取り、自転車を止めた場所までゆっくりと歩いていく。涙はいつの間にか止まっていた。

ねぇ、陽菜、ボクは間違っていたよ。永遠って——たぶんあるんだと思う。ボクたちがいっしょに過ごしたこれまでの日々は、きっと世界のどこか別の場所に、たった今も存在してる。永遠に、無限大に、続いている。

陽菜、ボクたちはいつも二人で、いつまでも二人だったね。

最後に——ボクにコクらせてほしい。

ねぇ、陽菜、ボクは——永遠に、キミのことが好きだ。

PROFILE 著者プロフィール

お姉ちゃんと黒猫

浅海ユウ

山口県出身。関西在住。著書に『神様の御朱印帳』『お悩み相談室の社内事件簿』『骨董屋猫亀堂・にゃんこ店長の不思議議帳』『京都あやかし料亭のまかない御飯』『ラストレター』『空ガール』他がある。

家族の十戒

烏丸紫明

兵庫県在住の作家。2013年に別ペンネームで作家デビュー。2019年に烏丸紫明の名でキャラ文芸・ライト文芸ジャンルで活動開始。著書に『晴明さんちの不憫な大家』（アルファポリス文庫）など、多数。

君がくれたひだまり

石田空

『サヨナラ坂の美容院』（マイナビ出版ファン文庫）で紙書籍デビュー。著作は『神様のごちそう』（同上）、『縁切り神社のふしぎなご縁』（一迅社メゾン文庫）、『吸血鬼さんの献血バッグ』（新紀元社ポルタ文庫）。

ムクドリ∞インフィニティ

貴船弘海

鵜ノ島小学校卒業。幼少期より、ご家族とまったく親しくない人生を送る。本人は非常に気さくな人柄だと思っているのだが、知人の話によると死ぬほど感じが悪いらしい。ちょっぴりおちゃめな蠍座・B型。賞罰なし。

ちゃかちゃか

神野オキナ

沖縄県出身&在住。主な著書に『カミカゼの邦』『警察庁私設特務部隊KUDAN』（徳間文庫）『〈宵闇〉は誘う』（LINE文庫）『タロット・ナイト』（双葉社）など。

七日目の秘密

杉背よい

著書に『あやかしだらけの託児所で働くことになりました』（マイナビ出版ファン文庫）、『まじかるホロスコープ☆こちら天文部キューピッド係！』（KADOKAWA）など。石上加奈子名義で脚本家としても活動中。

チーちゃん　ハイ！

鳴海澪

恋愛小説を中心に活動を始める。恋愛小説の個人的バイブルは『ジェーン・エア』。動物では特に、齧歯類と小鳥が好き。既刊に『ようこそ幽霊寺へ～新米僧侶は今日も修業中』（マイナビ出版ファン文庫）などがある。

パパとおべんとうとごくらくちょう

溝口智子

星新一のショートショートを読んで育つ。小学校5年生まで、工場には人が居ず、フルオートメーションが当たり前だと思っていた。マイナビ出版ファン文庫に著作あり。お酒を愛す福岡県在住。ちゃぶ台前に正座して執筆中。

いつか虹の橋を渡るまで

猫屋ちゃき

乙女系小説とライト文芸を中心に活動中。２０１７年４月に書籍化デビュー。著書に『こんこん、いなり不動産』シリーズ（マイナビ出版ファン文庫）『扉の向こうはあやかし飯屋』（アルファポリス）などがある。

未来へと続く旋律《メロディ》

矢凪

千葉県出身。ナスをこよなく愛すフリーライター。『茄子神様とおいしいレシピ』が「第3回お仕事小説コン」で優秀賞を受賞し書籍化。柳雪花名義の著書に『幼獣マメシバ』『犬のおまわりさん』（竹書房刊）がある。

僕の死なない犬

水城正太郎

富士見ミステリー文庫『東京タブロイド』でデビュー。代表作ＨＪ文庫『いちばんうしろの大魔王』。鎌倉在住。犬猫と縁はあれど飼育には至らず。蛙を愛するも、蛙に感動させられたことは皆無。

この物語はフィクションです。
実在の人物、団体等とは一切関係がありません。
本作は、書き下ろしです。

ファン文庫 TearS

動物の泣ける話
〜君からもらった幸せの思い出〜

2020年6月30日　初版第1刷発行

著　者	浅海ユウ／石田空／神野オキナ／烏丸紫明／貴船弘海／杉背よい／鳴海澪／猫屋ちゃき／水城正太郎／溝口智子／矢凪
発行者	滝口直樹
編　集	ファン文庫Tears編集部、株式会社イマーゴ
発行所	株式会社マイナビ出版
	〒101-0003　東京都千代田区一ツ橋二丁目6番3号 一ツ橋ビル　2F
	TEL　0480-38-6872（注文専用ダイヤル）
	TEL　03-3556-2731（販売部）
	TEL　03-3556-2735（編集部）
	URL　https://book.mynavi.jp/

イラスト	かざあな
装　幀	徳重甫＋ベイブリッジ・スタジオ
フォーマット	ベイブリッジ・スタジオ
DTP	石川健太郎（マイナビ出版）
印刷・製本	中央精版印刷株式会社

　ISBN978-4-8399-7329-2
Printed in Japan

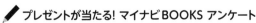

隠れ漫画家さんと飯スタントな魔人さん
〆切前のニラ玉チャーハン

著者／編乃肌
イラスト／鳥羽雨

おいしいご飯にプロ顔負けなベラフラッシュ！
有能アシスタントな魔人さんと同居生活!?

突如現れた魔人さんが有能なアシスタントになって、掃除や料理もしてくれるように……？ 隠れ漫画家な女の子と世話焼き家政婦の魔人のほっこりまったり日常コメディ！

Fan
ファン文庫

万国菓子舗　お気に召すまま

雪の名前と甘いレモンコンポート

著者／溝口智子
イラスト／げみ

誰かがそばにいてくれるからこそ
自分らしく生きることができる

買い出しの帰りに疲れ切った男性を見つけた久美。
美味しいお菓子を食べて元気になってほしい久美は、
男性に好きなお菓子を尋ねるが——?

Fan
ファン文庫

ぬいぐるみ専門医
綿貫透のゆるふわカルテ

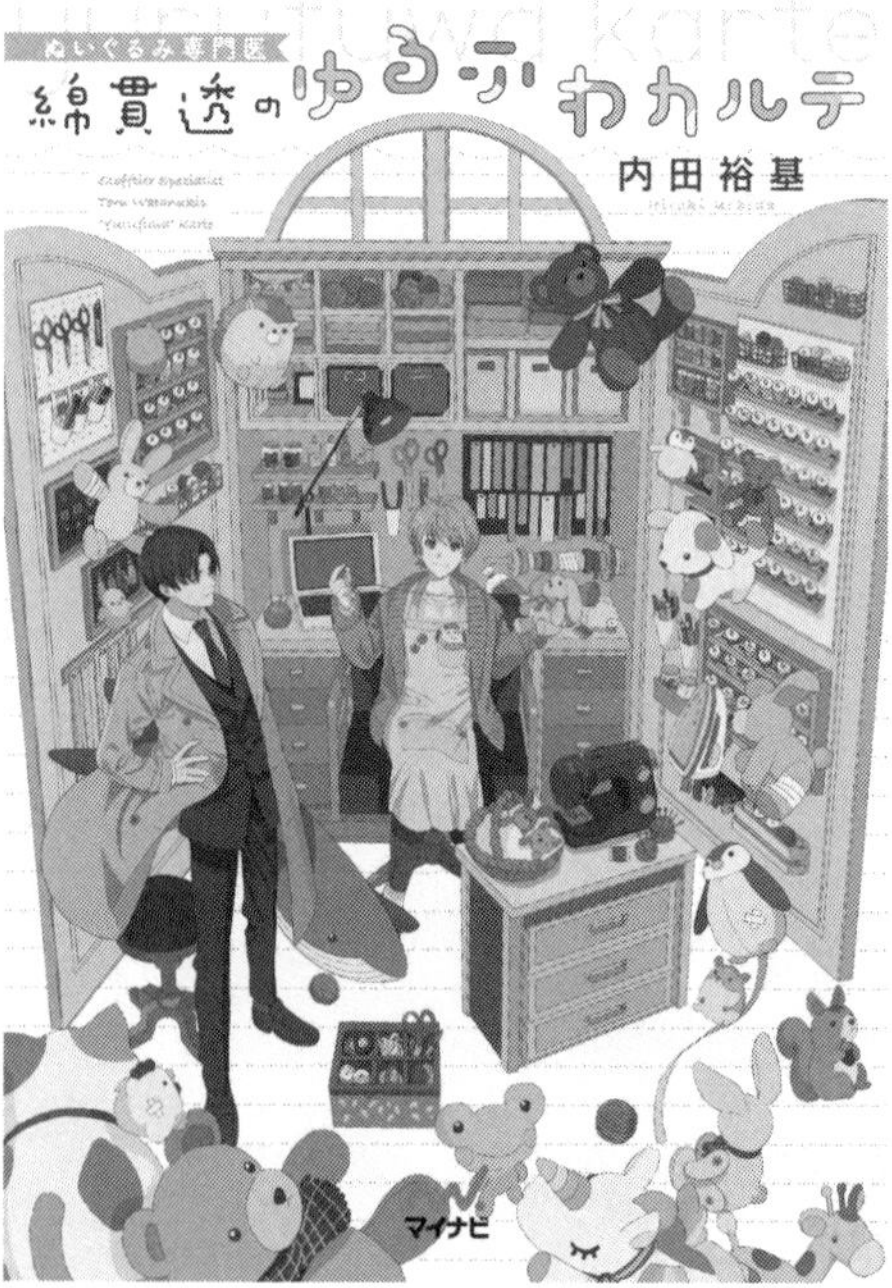

ぬいぐるみはたくさんの愛を受けて
大事にされるべき存在なんです。

おっとりな院長の透と幼馴染で刑事の秋が
ぬいぐるみだけではなく持ち主の心や絆も修復していく。

著者／内田裕基　イラスト／おかざきおか

ファン文庫

拝み屋つづら怪奇録

著者／猫屋ちゃき　イラスト／双葉はづき

人は時に鬼となる
現代怪奇奇譚

紗雪の周りの人が次々と不幸な目に遭うようになり、
不安になった彼女は拝み屋を頼ることに。
『こんこん、いなり不動産』の著者が描く現代怪奇奇譚

ファン文庫 TearS

会社であった泣ける話

職場でこぼれた一筋の涙

著者／杉背よい・猫屋ちゃき・金沢有倖　ほか
イラスト／456

あなたが最後に泣いたのは、
いつだったか覚えていますか？

会社で起きた、さまざまな「泣ける話」。
エレベーターに閉じ込められた時、送別会の
店を探している時にも、感動の涙は流れます。

ファン文庫 TearS

電車であった泣ける話

あの日、あの車両で

あなたが最後に泣いたのは、
いつだったか覚えていますか？

電車を使う人の話。電車で出会った人の話。
そして、電車が止まる駅の人の話。
涙を誘う感動のエピソードを、あなたに。

著者／溝口智子・那識あきら・国沢裕　ほか
イラスト／丸紅茜